L'ELECTION DIVINE DE S. NICOLAS
A L'ARCHEVESCHE DE MYRE
Auec vn sommaire de sa vie en Poeme
dramatique sententieux et moral P.N.S.R.
A Reims chez Nicolas Constant
Imprimeur ordinaire du Roy: a la Couronne. 1624

ARGVMENT

DV SYNODE EPISCOPAL

ASSEMBLE' POVR L'ESLECTION D'VN
succeſſeur au defunct Archeueſque de
Myre.

AINCT NICOLAS,
iſſu de nobles parens en la
Cité de Patare, fut inſtruict
dés ſon bas age és bonnes
lettres. La mort l'ayant priué
d'iceux en ſon adoleſcence floriſſante, il
diſtribua, charitable, la plus-part de ſon pa-
trimoine aux pauures : puis ſ'en alla en Pa-
leſtine viſiter les ſainctes lieux, ou noſtre Seigneur auoit trauaillé aux Myſteres de l'humaine redéption. Son vœu deuotieuſemét
rendu, il reprit la route de ſon païs. Eſtant
là, Dieu, qui connoiſt ceux qui ſont propres
à ſon ſeruice, l'inſpira de ſ'acheminer à

A

Myre, les Euefques prouinciaux y eftans
affemblez pour eflire vn Archeuefque fuc-
ceffeur au dernier deffunct. Comme ils
eftoient en grande difficulté de donner dignement leurs fuffrages à quelqu'vn, ils furent aduertis du Ciel de prendre celuy qui
lendemain viendroit le premier en l'Eglife
fe nommant Nicolas, & commandez de le
facrer Archeuefque de Myre. Ce qui fut fait
auec applaudiffement de tout le peuple.

AVX LECTEVRS

SONNET.

Lisez, marquez, goustez,
Ces vers, les traits, le sens :
Ce sont des fruicts recens
Pour les plus degoustez.

Fruicts, ores presentez
Tant à Dieu, comme encens,
Ou à chacun pour presens,
Que Soret a portez.

Si d'vn accueil humain
Vous les prenez en main
De nouueautez épris :

Vous vous ragousterez,
Et si contenterez
Voz curieux esprits.

A 2

L'ORDRE ET LES NOMS
des Euesques du Synode.

Clarius, Prefident du Synode.

Dion, fecond Euefque.

Eros, troifiefme Euefque.

Hermés, quatriefme Euefque.

Theophile, cinquiefme Euefque.

Poliocte, fixiefme Euefque.

L'ANGE.

SAINCT NICOLAS Archeuefque de Myre diuinement efleu.

ORAISON IACVLATOIRE
des Euefques du Synode, redigée par ftances alternatiuement recitable pour prologue.

Clarius.

Oleil touſjours brillant, lumiere du Soleil,
Dont les rays eſlacez aux humaines poitrines
Les enflament ſoudain de lumieres diuines:
De grace, dardez no᷎ vn eſclat de voſtre œil.

DION.

Oeil trauerſe-tout-cœur, ſans quoy l'on ne peut rien:
Meſme en ce qui ſe peut par douce, ou griefue peine
S'il n'eſclaire l'ouurier, pour neant il ſe peine:
Car loin de voſtre aſpect on ne fait jamais bien.

EROS.

Bien merite-guerdon en l'olimpique Cour,
Où, Dieu ſeigneuriant, voſtre main liberale
Recompenſe chacun, ſuiuant ce qu'il eſtale
De ſainctement ouuré dans ce terreſtre entour.

HERMES.

Entour noz humbles cœurs doncques pirouëttez,
Soleil-Dieu tout-puiſſant, animez les de ſorte
Que noz vers ampoullez d'haleine viue-forte
Puiſſent rendre parfaits noz deſſeins projettez.

A 3

THEOPHILE.

Projettez pour monstrer en ce Synode-cy
(Par nous feint à l'inſtar de celuy-là de Myre)
Que comme on y vouloit vn Archeueſeue eſlire,
Sainct Nicolas le fut : Dieu le voulant ainſi.

POLIOCTE.

Ainſi le verrez-vous ſi du celeſte feu
Noz veines à preſent peuuent eſtre eſchauffées:
Noz langues en ſeront beaucoup mieux eſtoffées,
Rien n'en fluïra que doux, ou de rude bien peu.

CLARIVS.

Bien peu de gens auſſi ſ'en iront eſconduits
Sans remporter de nous quelque leçon vtile,
Quelque exemple moral, quelque mode gentile,
Pour, ſelon leur eſtat, eſtre ſouëment conduits.

DION.

Conduits du ſainct Eſprit, le guide couſtumier
Des belles actions, cheminant à leur teſte:
Cauſe certes pourquoy nous luy faiſons requeſte
De nous conduire droict juſqu'à ce but dernier.

EROS.

Dernier but, qui ne gyt qu'au ſeul honneur de Dieu;
Qu'au ſalut eſperé de ſes brebis fideles:
Qu'à ce que maintenuz nous ſoyons ſouz ſes aiſles.
Tant, qu'au monde laſſez, nous luy diſions adieu.

HERMES.

Adieu langage tel. Nous allons commencer,
Et d'vn tranquille ſens par ordre nous adduire

(*Fauorifez du Ciel*) *à vous nûment deduire*
Ce que fur ce fujet pourra noftre penfer.

THEOPHILE.

Penfer jufte de vray. Parquoy Peuple chreftien,
Preftez nous, attentifs, vn fuaue filence:
Sauourez noz propos d'vranique influence,
Vous le treuuerez bons, à ce que je maintien.

POLIOCTE.

Ie maintien encor plus, que vous en benirez
Dieu, le nouueau Prelat, l'Inuenteur, & nous mefmes
Chacun en fes vertus, où baffes, ou fuprefmes,
Quand, nous ayant ouy, d'icy vous partirez.

Cela eftant dit, on impofera filence aux Auditeurs.

LE REGRET DE LA
MORT DV DEFFVNCT
ARCHEVESQVE DE MYRE AV
parauant S. Nicolas, faict par les
Euesques dependans de cette Me-
tropolitaine auec les loüäges deuës
aux merites d'iceluy.

CLARIVS COMMENCE.

Enerables Pasteurs, qui de soin ordinaire
Paissez de Dieu puissât le troupeau debonnaire,
Que son vnique Fils, né du flanc virginal,
Sauua des broche-dents du dragon auernal:
Lors que pour luy happer, bruslant d'amour extresme,
Serf, à l'infame Croix il s'offrit de soy-mesme.

Vous sçauez mieux que moy, par creable raison,
Que tout physique agent a sa pleine saison,
A son cours arresté, a sa distante espace,
Cours, espasse, saison, que personne ne passe:
Mais justement reduit à son centrique poinct
Il n'en bouge des-lors, & n'agit oncques point.

Saturne le songeard, Iupin darde-tonnerre,

Mauors le belliqueux, Phebus œil de la terre,
L'aphrodite Venus, Mercure porte-vent,
Diane au blesme front, en leur globe mouuant
Tous, d'vn ordre reglé par la Cause premiere,
Font plus prompts, ou plus lents leur ronde coustumiere.

    Les brutes vagabons, leis ctoyens de l'air,
Et du verdas Neptun les hostes sans-parler:
Ainsi qu'ils sont moulez de l'artiste Nature
Produisent, differents, pareille geniture.

    Sçauez-vous pas encor que les arbres fruictiers,
Les pampres emperlez, les simples forestiers,
Croissans de jour en jour par la plaine champestre,
Portent fleurs, fueilles, fruicts du genre de leur estre?
Puis comment vn chacun recru de fonction,
Estant rancanty, chome aussi d'action?
Enfin c'est en vn mot qu'en ce viste passage
Toute chose a son temps au vray dire du Sage.

    Mais l'homme crayonné sur le viuant pourtrait
De l'alme Deité, dont il en a le trait
(Estant de ce beau Tout le faitis Epitome,
Frere de sang humain du Verbe-Dieu fait-home)
N'a t'il point de hola? ses penibles labeurs,
Ses jours glisse-legers auec mille douleurs
Ont ils comme les Cieux leurs carrieres bornées,
Comme les animaux leurs prefixes années,
Comme les vegetans leurs termes de fleurir,
De verdoyer apres, puis apres de flestrir?

    Que dis-je, les ont ils? ouy-dea sans aucun doute.

Qui eſt-ce des Mortels l'atheiſte, qui doute
Que l'Architecte grand de ce vaſte Vniuers,
De rien ayant baſti ce qu'on y voit diuers,
Ne ſe repoſa pas ſa beſongne acheuée?

Le Chriſt, ayant auſſi l'ame humaine ſauuée
Par vne aſpre longueur de trauaux ſerieux,
Vit en ſon Louure aſtré dignement glorieux.

A la trace duquel l'homme caduque au monde,
Deſchargé du gros faix de ſa charnure immonde
Par le fer indompté d'vne brigande mort
Heureuſement ſurgit au ſalutaire port.

O Collegue deffunct! bon Eueſque de Myre,
Dont les terſes vertus ton ſainct bercail admire,
Maintenant près de Dieu, je croy qu'en verité
Tu jouis du repos, que tu as merité.
Car ſelon le labeur s'attend la recompenſe,
Receuable à la fin, comme l'ouurier le penſe:
Dieu l'a dit, le diſant à l'heure l'a conclu;
Conclu, l'a departit, comme il a reſolu.

DION, SECOND EVESQVE:

Mais d'où vient que Cloton, qui trame noſtre vie,
Lors qu'on y ſonge moins, la va coupant ſi toſt?

CLARIVS.

C'eſt afin que des maux où gyſante aſſeruie,
Par ainſi elle ſoit deliure bien pluſtoſt.

DION.

Ces ciſeaux affillez n'eſpargnent-ils perſonne,
Tout tombe-t'il ſouz eux le docte, & l'ignorant?

CLARIVS.

Tel qui vit doit mourir : le fort ainſi l'ordonne,
Soit noble, ſoit bourgeois, ſoit petit, ſoit-il grand.

DION.

Ha ! que le monde perd ! perdant à la mal'heure
L'Eueſque Myrean dernier, digne Prelat.

CLARIVS.

Perd ! non pas. Car ſon corps en la terre demeure,
Son eſprit dans le Ciel brillant d'vn vif eſclat.

DION.

Que ſert dans vn tombeau ſon ſquelet pourriſſable,
Son ame d'autre part loin abſente à tousjours?

CLARIVS.

L'vn vaut à regretter le deffunct honorable:
L'autre d'eſtre auec luy aux celeſtes Sejours.

DION.

Quel teſmoignage ſeur de ſon heureuſe gloire?
Perſonne ne reuient pour le nous aſſeurer.

CLARIVS.

Ses graue-ſainctes meurs ſont preſage notoire
Que Dieu pour ce ſujet l'a voulu bien-heurer.

DION.

Son Peuple, ſes amis, ſes humbles domeſtiques
Doncques ne doiuent plus lamenter ſon treſpas?

CLARIVS.

Ils leur conuiendroit mieux chanter des beaux cantiques:
Les bien morts, comme luy, les larmes n'ayment pas.

DION

Voſtre propos tiſſu de françoiſe eloquence

Me fait ramenteuoir vn trait de consequence.
Que l'homme qui de soy, est vn monde petit
(Manié de raison, & de franc appetit)
Ressemble proprement la cristaline Voute,
Qui par justes contours aboutissant sa route,
Ne se destraque point, tant que dedans les Cieux
Les flambeaux estoillez soient en leurs premiers lieux.

 Ainsi l'estat humain a sa vicissitude,
Roulant puis-ça, puis-là, hourdé d'inquietude,
Qui compagne du sort, ne l'abandonne pas
Qu'au relais general du destiné trespas:
Où c'est, que descendu, à gogot il repose,
Suiuant son mal souffert, qu'à son hoste il expose.

 Cette comparaison du Ciel embrasse-tout.
A l'homme argile-né de son train nous resout.
Et mesme d'abondant sur la dedale terre
Sa vie ayme-soulas n'est qu'vne triste guerre.

 Demandez, s'il vous plaist à vn Prince vaillant
A quelle occasion dans vn conflict sanglant
Il se fourre sans peur, mais plein de tel courage
Qu'il porte quant & soy la thisiphone rage ?

 Certes il respondra que c'est pour desormais
Planter en son païs vne fertile paix,
Apres auoir deffait l'ennemy qui la trouble
Par vaine ambition, sotte engence de trouble.

 Dont je fein que les grands, autant qu'Vlisse, fins,
Ne s'alliancent pas auecques leurs confins

Pour se noiser souuent, ny ruer l'vn sur l'autre
[Comme vn vautre grondant sus vn vautre se veautre.]
Mais bien qu'entr'-eux par fois on les voit guerroyer,
Et leurs debats vuidez en paix s'esbanoyer.
D'où sort le plein effet de l'antique sentence,
De la guerre la paix, d'elle resjouïssance.

Parquoy c'est maintenant que ce Chrestien vainqueur
Du diable, de la chair, & du monde moqueur,
Qui, braue, protegeoit l'Eglise lycienne
S'esbaudit triomphant en paix etherienne.

EROS TROISIESME EVESQVE.

La gloire suyt de pres l'heroïque vertu.

DION.

Ouy : comme l'ombre vn corps de quantité veslu.

EROS.

N'est elle pas aussi d'eternelle durée?

DION.

Iamais elle ne fut, ny sera mesurée.

EROS.

Rien qui soit toutefois n'est infini, que Dieu.

DION.

Dieu, & la Gloire vnis sistent en mesme lieu.

EROS.

Dieu qui est tout en soy ne gyt qu'en sa substance.

DION.

La Gloire toute en Dieu est en sa consistence.

EROS.

La Gloire est le vray bien, où chacun homme tend.

DION.

Dieu eſt ce bien, duquel la Gloire l'on attend.

EROS.

Doncques d'auecques luy elle eſt induiſible?

DION.

Comme d'eſtendre vn poinĉt ne nous eſt pas loiſible.

EROS.

Perſonne n'en jouït ſ'il ne l'a merité.

DION.

De voſtre bouche d'or coule la verité.

EROS.

Elle n'eſt pas auſſi d'vn abord ſi facile?

DION.

Ce qui eſt le plus beau eſt le plus difficile.

EROS.

Ie le croy ſainement. La Gloire eſt le denier,
Dequoy Dieu veut au Ciel ſes Miniſtres payer.

Me ſouuient à propos de ce viel-double Temple,
Que Marcelle conſtruit aſſez bonnement ample:
L'vn au nom de vertu, & l'autre de l'honneur,
A deſſein fabriquez de voiſine teneur.

Mais voicy le ſecret de cet Embleme graue,
Qui peut ſeruir à tous de Catechiſme braue.
C'eſt qu'en ce Temple-cy l'on ne pouuoit entrer
Qu'il ne fallut deuant à trauers peneirer
Celuy de la vertu, d'auſſi facheuſe approche
Qu'à cueillir le Moly au ſommet d'vne roche.

Pour enſeigner au doigt que qui dort accroupy
Sur les viſqueux plaiſirs de pareſſe aſſoupy,
D'eſtat, de biens, d'amis, deſchet, greſlit, brimballe,

Reduit en vn faquin, comme Sardanapale.
   Mais quiconque bien-né, vient à tracer, soigneux,
De vertu donne-los le sentier espineux,
Et qui ses durs trauaux, magnanime, surmonte
Le temps amene-tout fait en sorte qu'il monte
Par accliues degrez jusqu'au marbrin autel
D'immarcessible honneur, qui le rend immortel.
   Plusieurs gens sçauent trop que la Palme sceptrique
Paroist belle par haut, mais au pié qu'elle pique.
   Hieroglife plaisant du triomphe sacré,
Où les Athletes seuls ont brusquement entré.
Portans victorieux, comme en vn jour de feste,
La Guirlande de prix, dequoy elle estoit faite.
   Brieue conclusion de ce cas debattu,
Nul onc est couronné, qui n'a bien combattu.
   Mais s'il y eut jamais illustre personnage,
Qui le meritast mieux à l'adieu de son âge,
C'estoit, ouy-ouy, c'estoit, on ne le peut nier,
Des Pasteurs lyciens le trespassé dernier
Aussi croy-je qu'il ait, pour sa charge pesante,
D'vn diadesme d'or la teste reluisante.

HERMES, QVATRIESME EVESQVE.
Le prix des jeux publics fait aller aux tournois.

EROS.
Ainsi que le butin s'adouber de harnois.

HERMES.
Les estours pour le prix se font de troupe amie.

EROS.
Moins violens sont-ils que de gent ennemie.

HERMES.

Le vainqueur plus nauré a le plus riche prix.

EROS.

Le plus boüillant soldat choisit au butin pris.

HERMES.

Au chamaillis d'entr'-eux sont diuers stratagesmes.

EROS.

Ceux du prix sont preüeux, du butin non de mesmes.

HERMES.

L'vn & l'autre assaillant se promet le hazard.

EROS.

Il chet au resolu, non au lasche coüard.

HERMES.

C'est que le bon-heur suyt vne audace virile.

EROS.

L'audace chasse-effroy ne demeure sterile.

HERMES.

Quand je rumine bien cet Axiome vray,
L'espreuue j'en conçoy, que je vous esclorray.
    Deux Seigneurs appairez d'affections loyales
Sont mandez certain jour à des joustes royales:
Ils se jurent leur foy, comme freres germains,
D'egaliser le prix qui leur viendroit ès mains.
    Ores bien enconchez ils entrent dans la ville.
L'vn se fantasiant son party plus debile,
Le tremblotant frisson de lascheté l'assaut:
L'autre plus valeureux y courut de prinsaut,
Qui moissonna, playé, mainte despouille grasse:
Dont le bruit va par tout au lustre de sa race.
    S'en retournant chez soy, l'autre Seigneur peureux

Le

Le somma par les champs du serment fait entr'eux.
Ie le tiendray, dit-il, pourueu qu'au prealable
Nous partagions le mal à mon butin semblable.
Lors les armes au poing le veut charger de coups,
Et luy d'interceder pardon à deux genoux,
Luy cedant, force ou gré, sa conqueste pompeuse,
Ne voulant point sentir de peine douloureuse.

   Tirons vn trait galant de ce raze discours.
Ce Roy, soit Dieu, grand Roy des souueraines Cours,
Au behourd de Sion passionné d'attraire
L'homme auec Iesus-Christ, son bien-aymé confrere:
La Gloire estant le prix du brauache joustëur,
   L'homme fresle de soy, ou femelin vanteur,
Dit qu'il ne peut gauchir aux poignantes trauerses,
Que son triple ennemy luy machine diuerses:
Au contraire le Christ esmouce tous leurs traits.
Dont il drille la-sus d'vn million de rays,
Qu'il offre, equipollens, communiquer à l'homme,
Qui ressent de ses maux tant par menu, qu'en somme.
Comme nous presumons qu'il l'a fait à l'endroit
Du Prelat myrean à luy deû de bon droit.

THEOPHILE CINQVIESME EVESQVE.

  De bon droit, dites-vous : car en la Prelature,
Qui patit se bastit vne gloire future.

HERMES

Le celeste Donjon s'escallade d'effort
En talonnant de prés son Capitaine fort.

THEOPHILE.

B

Le Gendarme braſſant vn martial chef-d'œuure
Doit ſideer ſon chef, pour guide d'vn tel œuure.

HERMES.

Le gendarme de vray tel ſe l'imaginant
Vient à bout d'iceluy, ainſi l'entreprenant.

THEOPHILE.

Nature monſtre l'vn : l'autre l'experience,
Sans foüiller juſqu'au fond d'vne abſtruſe ſcience.
Voyez le naturel des mouſches ſucce-fleurs,
Qui ſus vn bel eſmail de naiues couleurs
Pour confire leur miel volettent journalieres,
Voire à qui fera mieux toutes particulieres.
L'on ne les voit jamais de leurs ruches ſaillir
Que pour ſuiure leur Roy, ſans oſer y faillir.
Si nous leuons les yeux juſqu'aux liquides nues,
Nous verrons vn ſquadron de haut-volantes grues
L'vne-ſ'aprés-l'autre de droit vol, en ſuiuant
Celle, pour les mener, qui tranche l'air deuant.
Voila pas vn miroir de diaphane glace,
Dans quoy pour ſe mirer chacun peut auoir place?
Mais laiſſons à l'eſcart ce precepte brutal,
Que les hommes nous ſoient l'appuy fondamental.
L'eſperon plus aigu qui ſoit, ou qui doiue eſtre
Pour pouſſer le valet, c'eſt d'auiſer ſon maiſtre
Souſtenir le premier la lourde peſanteur
D'vn alcide trauail, & d'en eſtre ſauteur.
Iadis a t'on pas veu du puiſſant Alexandre
Les forts eſtradiots maints beaux faits entreprendre,

Defquels ils chenoiſſoient en marchant apres luy
Couuerts de ſes drapeaux ? luy qui eſtoit celuy,
Qui leur preſchoit tousjours quelque importante affaire,
Diſant faites, enfans, ce que me voyez faire.

Ceſar, vainqueur des Roys, & le Roy des vainqueurs,
Courageux qu'il eſtoit eſguillonnoit les cœurs
De tout ſes champions de telle pointe viue,
Qu'il ne dit onc fuyez : mais venez, qu'on me ſuiue.
Le celeſte Daufin faiſoit tel mandement.

POLIOCTE SIXIESME EVESQVE.

Noſtre confrere mort l'obſerua vaillamment.

THEOPHILE.

Il n'a rien ordonné qu'il ne l'ait fait luy-meſme.

POLIOCTE.

C'eſt pourquoy le deffunct l'a pratiqué de meſme.

THEOPHILE.

Ie le croy bien-heureux ayant perſeueré.

POLIOCTE.

Dans Myre ce poinct-là eſt aſſez aueré.
Car comme ce n'eſt point la bataille ſanglante,
Qui timbre les ſoldats de couronne excellente,
Mais la proſpere fin de leur choc hazardeux :
Auſſi ce fort Heros, cet Eueſque fameux
(Nagueres deſiné par l'enuieuſe Parque)
Veſcut tousjours actif, ainſi que l'on remarque.

L'ouurier ahanne plus ſans lucratif eſpoir,
Qui laiſſe, ſaoul-d'ouuré, ſa taſche auant le ſoir.
En vain le lieure court auecques la tortue,
S'il ſe forme, tandis que d'aller elle ſue.

B 2

Comme vn Poste pressé d'vn voyage lointain
Commence au petit trot sa course du matin,
Puis redoublant le pas tousjours-tousjours galoppe
Sans halter comme point si son cheual ne choppe.
  C'est ce que feit aussi jusqu'au souspir mourant
Ce Pontife beat, d'entre nous le plus grand.
Apertement fecond de doctrine exemplaire
Tout, d'humeur d'engendrer, aux lionnes contraire.
  Croiriez-vous que souuent cette fere des bois
Lionce plusieurs faous à la premiere fois,
La feconde bien peu, puis demeure brehaigne?
  Luy d'vne autre façon, qu'il ne faut qu'vn defdaigne:
Car dés son verd printemps il ayma la vertu;
En son âge d'esté il s'en est reuestu:
En son automne meur il l'a mise en pratique,
La faifant rajeunir en son hyuer lethique.
Comme anciennement les Sacrificateurs
De Temple ephefien, des vertus amateurs:
Pareillement aussi les Vestalles pucelles,
De leurs Idoles-Dieux feruiables ancelles.

CLARIVS.

Vueille Dieu, s'il luy plaist, qu'vn fage fuccesseur
Succede, homme de bien, à ce predecesseur.

DION.

Vostre desir est fainct : c'est pourquoy je le prie
Que pour en eslire vn de fa grace il nous rie.

EROS.

Nous fommes affemblez à cette occafion

Enſemble mettons nous en grand deuotion.

HERMES.

Ie ſuis de voſtre aduis. La concorde priere
N'eſt pas miſe de Dieu ſi ſouuent en arriere.

THEOPHILE.

Non pas, quand on la fait de franche volonté,
Conforme entierement à la Diuinité.

POLIOCTE.

C'eſt ce que nous ferons, ſi vous voulez me croire,
Des leüres & d'eſprit pour eſtre meritoire.

CLARIVS.

Vous atteignez au poinct, qui ſoit plus pertinent,
Auquel je vous allois poſer incontinent.
Par vn exemple clair extrait des lettres ſainctes,
Qui en toute achoiſon en fourmillent enceintes.
Helcana, captiue d'aimante paſſion
Deux femmes eſpouſa de meſme affection:
Diſſemblables de nom, & peut eſtre, de face,
L'vne Anne ſ'appellant, Fenenne l'autre hommaſſe.
Fenenne eut des enfans, la pauure Anne pas vn,
Fenenne la drappant de deuis importun,
Anne ſ'en eſplouroit à grand randon de larmes,
Tant pour ne conceuoir, que pour telles allarmes.
Si qu'elle ſe reſout de tant amieller Dieu
De prieres, de vœux en Sylo, ſon ſainct lieu,
Qu'il luy enterina, jugé par trop honneſte,
Les concluſiues fins de ſa juſte requeſte.
Voila que luy ſeruit à ſon humble oraiſon

B 3

Son cœur joint à sa voix par modeste raison.

Sus doncques à ce coup aux souhaits de nostre ame
Fringottons de beaux airs, que d'aise Dieu s'en pasme.
Supplions ardemment le Sainct Esprit peut-tout
De nous inspirer tous de son pouuoir absout:
Afin que sans faueur vn Prelat vn eslise,
Qui gouuerne, prudent, la nantolique Eglise.

DION.

C'est mon intention.

EROS

C'est mon but pretendu.

HERMES.

C'est mon projet aussi.

THEOPHILE.

C'est mon poinct attendu.

POLIOCTE.

C'est ma derniere fin.

CLARIVS.

C'est la mienne esperée.
Partant allons chanter vn ode mesurée.

DION.

Vous la commencerez telle qu'il vous plaira
De symphoniques voix on vous secondera.

Les Euesques sortent du Conclaue &
s'en vont à l'Eglise demander l'assistáce
du S. Esprit auant que de proceder à
l'eslection, & y chantant cette Ode.

GRand Dieu, dont le pouuoir
Egalle ton vouloir
Au Ciel, comme en la terre.
Vueille de tes faueurs
Douër tes seruiteurs
En ce sacré parterre.

Comme ton Sainct Esprit
Tes Apostres apprit
Le deu de leur Office:
De mesme enseigne nous
Ce que nous ferons tous
Touchant ce Benefice.

Sans toy rien ne se peut,
Et par tout ce qu'on veut
On commence, & termine.
Fay que nous commencions,
Et que nous acheuions
Nostre charge diuine.

Tu sçais que pour le bien
De ton troupeau chrestien
De la Cité de Myre,
Nous-nous sommes ainsi
Tous assemblez icy
Pour vn Pasteur eslire.

Fay que sans passion
En cette eslection
Chacun de nous se porte.
Ce sera nostre honneur,
Du peuple le bon-heur
Faisant en cette sorte.

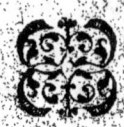

LA PROCEDVRE DE

L'ESLECTION D'VN SVCCESSEVR
au deffunct Archeuefque de Myre,
fur la difficulté de laquelle vn Ange
parut au Cóclaue, où les Euefques
prouinciaux eftoient affemblez à
cette fin, qui de la part de Dieu
nomma S. Nicolas comme idoine
& capable de la charge Archiepif-
copale.

CLARIVS.

J'AY dés long-temps appris qu'vn fagerant Pilote,
Voyant l'infide mer, qui de cions flo-flotte
Ia de houles bloqué dans fon cambre vaiffeau
En peril de fe voir toft englouty de l'eau:
Deuot, à joinctes mains, triftement il s'efcrie
Dieu, Anges, Sainéts du Ciel fauuez nous, ie vous prie.

C'eft vn principe beau d'implorer leur faueur,
Mais fouuent il eft vain, & d'vn efprit refueur,
S'il manque au fort du mal d'induftrieufe peine:
D'où vient que preftement il abbaiffe l'antene,
La bouffole quittant d'eftend à bras tenduz

Ses artémons, beau-pré aux amaris penduz,
Court à son gouuernail, le vire à droit, à gauche:
Bref aprés mille vœus à tout faire il s'embauche.
Comme aux siecles passez les laboureurs souloient
Sacrifier deuant, puis au champs s'en alloient:
Comme encor les Soldats endossent la cuirasse,
Quand ilz ont mandié de Dieu la sauue-grace.
Pour signal qu'il ne faut s'y fier tant exprés
Qu'on ne doiue au besoin s'embesongner de prés.

    Donc il ne nous suffit d'auoir l'ayde diuine,
Qui ja mouue noz cœurs, ainsi que je deuine,
Si d'vn zele feruent, selon le nerf humain,
A ce grand coup d'estat nous ne tenons la main.

    Mais comment, direz-vous, faut-il qu'on y procede?
L'intellect esclaircy au raisonnable cede.

    L'opinion de tous est que l'or naturel
Differe de vertus de l'artificiel.
Le fin or calciné, pris en quelque bruuage,
L'estomac dehaité moderement rauage,
Serpentant tout au tour des intestins enflez,
Où grouillonnant enclos les rend plus boursoufflez:
Mais il conforte prou les forces naturelles,
Mitige les humeurs repugnantes entr' elles:
Preserue les aucuns du boucon venimeux,
Aux autres empeschant de deualler au creux.

    Au contraire l'on voit que l'or d'vn alquemiste,
Bien qu'il ait du relief (comme ergo de sophiste)
Creu bon par des niez pour estre de couleur:

Si pourtant est il faux, & de nulle valeur.
Par ainsi temps perdu, huile, peine, despenses,
Ce qui merite bien des seueres deffences.
   De mesme ie diray qu'és actes vertueux
Minuttez en l'esprit de soin affectueux
(Comme quand on y va pour la diuine Gloire,
Pour son heureux salut, & sa longue memoire)
Soudain il en ressort des effects nompareils:
Car preparez qu'ils sont en humbles appareils,
Ils recueillent les dons de grace preuenante
Que Dieu seme sus eux de sa main foisonnante.
Grace, qui les maintient dans les bornes du bien,
Les monde du poison du vice ne-vaut-rien,
Et leur bastit en fin vne ferme demeure,
Quand l'ame laisse-corps en son corps ne demeure.
   Mais les œuures ourdis de leuc intention,
Pour vn futile honneur, plein d'ostentation;
Ores qu'ils semblent saincts, & dignes de merite,
Deuant Dieu sonde-cœur ils prennent la guarite.
Car tant s'en faut qu'ils soient agreables à luy;
C'est luy, qui grand Preuost, les punit aujourd'huy.
   Messieurs, pensons y donc, & s'il nous est possible.
N'essayons jamais rien à noz ames nuisible.
Particulierement en cet ordre eslectif,
Vacquons y, disposez, de sens resolutif.

DION.

Ouy; l'on y doit penser. Tout œuure d'importance,
Pour paroistre parfait auecques subsistance,

Faut qu'il soit droit en haut de saincte volonté,
Beau par l'interieur de blanche netteté,
Humble en bas par le prix d'vne petite estime.
Ce qui le rendra bon, ainsi comme j'estime.

   L'œil ne dresse t'il pas la main pour bien œuurer?
Ainsi la volonté doit au Ciel aspirer.

   Comme le giboyeur cligne vn œil quand il tire
Pour auoir le gibier, que fixement il mire:
Tout de mesme chacun en ce qu'il entreprend,
Si l'œil gauche du cœur, craintif, il va serrant,
Afin de ne voir pas la cheuance mondaine,
Ny s'amuser, bayant, apres la gloire vaine:
Mais qu'il ouure le droit, & le bande vers Dieu,
Il le gagne du tout, & prospere en tout lieu.

   J'allonge mon propos, & dy qu'il faut que l'ame
Soit blanche purement en l'œuure qu'elle entame.
Ne recherche t'on pas pour la grace du corps
La formose candeur tant dedans que dehors?
Lauant ce qui est laid, dressant la flechissure,
Les entrailles purgeant, & leur infecte ordure,
Ne demande t'on pas sur soy des linges blancs
A tables des beaux mets, vin pur, mistes seruants?

   Ainsi desirons-nous que noz actes soient mondes,
Balions de noz cœurs les salettez immondes.
Comme d'vn ord esuier rien ne sourd que vilain:
D'vn cœur cauterizé ne ne sort que malin.

   Ie suis au bout du fil, puis aussitost je cesse,
L'edifice fondé de profonde bassesse

S'estage tant plus haut que sans bas fondement
L'action faite ainsi accroist augustement.

   I'oy quelqu'vn repartir que le verd sicomore,
Le fresne, le peuplier, & semblables encore
Sont arbres grandissans de longueur & grosseur.
Vray : mais quel est leur fruict acre, doux, vert, ou seur ?
Ils ne s'en chargent point, ains ils meurent steriles,
Comme au contraire sont les plus bas, plus fertiles.
Donc en noz actions (telles qu'en cet endroit)
Qu'en Dieu soit nostre cœur humble, candide, droict.

EROS.

   I'accorde franchement vostre dire autentique,
Sur quoy pas vn de nous pas vn mot ne replique.
Mais i'adiousteray bien pour, gays, nous esmouuoir
A ce qu'importe plus vn pastoral deuoir,
Que comme au grand labeur le los est reciproque
[De mesme qu'à peu pres on fait egal vn troque]
Qu'il siera bien aussi en cette eslection
D'vser conformement de grand' discretion.
Dautant que l'homme sçait par l'argute prudence
Ce qui est de raison, & de sa dependence.
Comment il faut choisir, comment il faut laisser :
Ce qu'il faut croire, ou non, dire, faire, ou penser.
Imitant, soucieux, la finesse subtile
Des croquillez serpens, dont Nature les style,
Faisant roidir leur corps à tout aspre meschef
Pour defendre en siflant, leur escrasable chef.
Solertement ainsi nous faut-il prendre garde

D'employer nostre effort en cela, qui regarde
Le los de Iesus Christ, chef, medecin, soustien,
De nous, des langoureux, & du Peuple chrestien.
Comme en ce beau sujet, auquel il faut eslire
Successeur au deffunct un Euesque de Myre:
Qui, Nautonnier expert, sillonne droitement
La catholique Nef au cap du firmament.

    Encor un tour madré de ces bestes fuyës,
C'est qu'elles bouchent fort leurs obliques ouyes,
L'une auec ques la queu', & l'autre d'un caillou,
Pour n'ouyr l'enchanteur filer un doux glou-glou.

    En cet acte public; or sus que l'on s'empierre
Les oreilles trestous, l'une de l'angle pierre
Contre le mol appas des flateurs courtisans,
Taschans nous allecher par leur langue, ou presens,
Afin qu'en ce parquet à leur gré l'on eslise
    Quelque cadet gorrier d'humeur fait à leur guise.

    Plastrons l'autre du bout du mortel souuenir,
Car la mort est le port, où nous faut tous venir,
Pour rendre deuant Dieu en son bureau des comptes
Compte de noz talens, paslis d'infames hontes:
Par ainsi nous ferons iustement à propos
Le tout à son bonneur, comme à nostre repos.

HERMES.

O la docte leçon d'entendement sublime!
Que la mouliere dent ne moudra sous sa lime,
Ny l'acier esmolu d'un babil medisant
Ne percera iamais pour luy estre nuisant.

Doncques apprenons la, & que chacun s'applique
De procurer le bien de la Chose publique.

Vous auez apporté un remarquable poinct
Sur ce fait eslectif, où ie ne touche point.
Mais oseray-ie pas opiner à mon ordre,
Pour estranger de nous le blasmable desordre?

Sous les rayons dorez de voz yeux bien-vueillans
Dessus moy, vostre obiect, pointez estincellans,
Et sur le mien espoir que d'un peu d'audiance
Vous allez honorer ma presente seance,
Ie vous proposeray les bizardes façons,
Dont usent en ce temps les folastres garçons.

Veulent-ils s'accoupler au ioug indeliable
D'un long-estroit Hymen plaisamment sociable,
Les aucuns poursuiuront une rare beauté:
D'autres aymeront mieux la simple honnesteté,
Les autres conuoiteux de gluantes richesses
Chercheront pour party des plus riches maistresses.

Mais que veux-ie puiser de ce bel argument?
Sinon qu'il nous affiert nous presser temprement
De, vesue, repouruoir à quelqu'un d'apparence
L'Eglise de ce lieu pour la vesuer de transe.

Si des mondains amans l'un embrasse l'honneur,
L'autre cherit les biens, l'autre veut la candeur;
Faisons que celuy-la, que nous pensons eslire
Pour espoux mesnager de l'Eglise de myre,
Soit opulent, soit beau, soit bon au principale:
Bon de meurs, beau de corps, riche d'art liberal.

Car comme il est certain que le nombre ternaire
C'est le seul bien, à quoy Dieu se plaît d'ordinaire ;
Si ce douaire triplé gyt au futur pasteur,
Dieu pour ce luy sera prodigue bien-faicteur ;
Et son troupeau nourry du pain de sa doctrine
Viura des plus heureux de cette orbe machine.

THEOPHILE.

Tant de preceptes saincts, tant de conseils prudens,
A cette mesme fin profitables tendans,
Nous pluuissent vrayment que tout ira conforme
Selon l'octroy diuin à la romaine forme.
Pour-parlons du moyen de terminer parfait
Ce que resolument ia deuroit estre fait.
  Prendrons-nous le scrutin descriture couuerte
Pour cas approprié, ou bien la voix ouuerte ?
Ie songe là dessus. C'est bien la verité
Que du scrutin escrit ioliment cachetté,
Mis dedans vn bassin, ou dedans vne coupe
Pesle-mesle toüillé de quelqu'vn de la troupe
Le suffrage donné ne peut estre apperçeu,
Voire ny de celuy, qui mesme là reçeu :
Pour rayer le soubçon d'amere ialousie,
Qui pourroit s'imprimer dedans la fantaisie,
S'on connoissoit l'autheur, ou pourquoy cestuy-la
Plus fauorable à l'vn, qu'à l'autre a fait cela.
Ce qui s'esuenteroit par le verbal suffrage,
Qui forgeroit à-coup vne mastine rage
Parmy ceux, qui, deuant estans bien bons amis,

Ayant

Ayant ouy le mot, feroient fiers ennemis.
Combien qu'on proteftaft le ftyx, le feu, la terre,
La mer, l'air, & le Ciel, & tout ce qu'il enferre
N'eftre pas prononcé à d'autre intention
Que le nommé tout-haut vaut cette eflection.

POLIOCTE.

En l'eftat policé de la Democratie,
(Peu moins imperial que d'Ariftocratie)
Quiconque pretendoit à tel gouuernement
N'auoit rien fi certain pour eftabliffement
Que l'infuyable fort d'vne chance incertaine,
Qui, tombant, luy bailloit la charge fouueraine:
Comme quand à quelqu'vn mauuaife-elle efcheoit,
Patiemment honteux il ne f'en foucioit.

Pourquoy donc tel, ou tel fe promettroit-il d'eftre
Prelat à l'aduenir, or' qu'il fut noble d'eftre,
Si de triage meur on y va procedant?
Où le credit n'a lieu en fe recommandant:
Ains le merite feul, qui, fuffifant, infpire
De declarer pafteur tel, où moins il afpire.
Parquoy la viue voix, ny le fcrutin fecret
N'arriuant opportun, n'en faut auoir regret.

CLARIVS.

Nous auons entendu voz thefes eflectiues,
Qui font comme tableaux en belles perfpectiues,
Que des yeux aquilins contemplent eftonnez,
Comme des bons efprits voz vers apollinez.
Mais fi nous deferions à quelque homme de mife,

C

De ce College-cy, noſtre foy compromiſe,
Que tel qu'il eſtiroit, tel nous l'approuuerions,
Meſſieurs, je penſe moy qu'aſſez bien nous ferions.

DION.

Il eſt à craindre fort que ſoy-meſme il ſ'eſliſe
L'aueugle ambition à la vertu ne viſe

CLARIVS.

Prendrons-nous le ſcrutin ou ſecret, ou la voix,
Ou l'adoration?

EROS.

Faiſons en donc le chois.

HERMES.

Il ne me chault lequel.

THEOPHILE.

N'a moy non plus, j'en jure.

POLIOCTE.

Ieſus! le bel enfant! viendroit-il le conclure?

L'ANGE.

De la part du Tres-haut, Tres-puiſſant, & Tres-fort,
Dieu des Dieux, Roy des Roys je deſcen de ſon fort.
Où cent mille eſprits d'vn aſſorty meſlange
L'on le voit adoré.

CLARIVS.

Sans doute c'eſt vn Ange.

L'ANGE.

Ie ſuis, agile moy, dés l'inſtant que je ſuis:
L'vn de ſes Palatins, prompt à ce que je puis:
Or' il ma commandé de broſſer, jambe nuë,
Par la freſche moiteur de toute eſpeſſe nuë,
Pour m'en venir à vous, & vous faire ſçauoir

Qu'il vous veut à ce coup dispenser de pouruoir
A l'Euesché vaccant de la Cité de Myre,
Vous deliurant par moy du soin, qui vous martyre.

Tout ainsi que les Cieux en toupiant tousjours
Prodiguent aux humains des effects tous les jours,
Qui tesmoignent assez leur fatale influence,
Tantost plus, tantost moins, selon la difference
De leur benin aspect, soit oblique, soit droit,
Dardé plus en vn lieu que sur quelque autre endroit.

Ainsi Dieu verse-t'il ses faueurs en ce monde,
Mais plus au Temple sainct, où d'ame pure & monde
L'on l'inuoque frequent : comme vous auez fait
Pour le succés heureux de ce malaisé fait.

Dittes, est-il pas vray, par vn sens raisonnable,
Que pour vn meilleur bien il est bien conuenable
Qu'vne maison qui pend sur sa prochaine fin
Vienne à se desrocher & renuerser, enfin :
Afin qu'incontinent d'ingenieuse addresse,
Sus vn plan compassé, bien mieux on la redresse.

C'est pourquoy depuis peu vous auez veu mourir
L'vn de voz Comprelats d'âge prest à perir,
Dieu disposant de tout, comme il en est le Maistre,
Limita son trespas, pour en son siege mettre
Celuy qu'il a trié dans ce riche païs,
Qui rendra la plus-part de merueille esbaïs :
Pour ce qu'en son apuril il est le plus capable,
Le vous laissant juger de sentiment palpable.

Ne vous geinez donc plus en cette eslection.

C 2

Voz eslans charme-cœurs ont eu, sans fiction,
Telle force & vertu que deuant Assuere
Profita pour le Iuifs la requeste d'Hestere.
Ce qu'elle demanda elle l'obtint de luy:
Ce que vous desirez vous auient aujourd'huy.

CLARIVS.

Vn bon vent quelquefois, ainsi qu'il single-vire,
Suruient inesperé empoupper le Nauire.

DION.

Mais l'espoir attendu s'offre quelque demain,
Comme au plus empesché l'ayde de main en main.

EROS.

Nous n'auons donc perdu nostre temps, ce me semble.

HERMES.

Voila que c'est de vœus, & d'oraisons ensemble.

THEOPHILE.

Tout va bien, si pour Dieu l'on se peine à qui plus.

POLIOCTE.

Mais, messager feal, conte nous le sur-plus.

L'ANGE.

Scachez que l'Eternel (de qui la prouidence
Reigle tout par compas, nombre, poix, & prudence.)
Dés son eternité a deuant soy gysant
Le passé, le futur, comme le temps present.
Si que connoissant tout, & voyant toute chose,
Tels qui luy sont esleuz, sans deuanciere cause,
Tels predestine-t'il, & ces predestinez
Iustes renduz par luy, que pour luy ne sont nez.
Or' aprés le decés de vostre bon Confrere,

Pour changer d'vn meilleur, Dieu permet vous distraire
De l'eslection d'vn : nommant vn Nicolas,
Qui doit estre sur tous la perle des Prelats.

CLARIVS.

Nicolas! ou treuuer? est il en cette ville
Né de condition noble, bourgeoise ou vile?

L'ANGE.

Patience, laissez ce desir curieux :
Oyez le demeurant. Le Soleil radieux
N'ayant demain encor commencé sa carriere,
Le premier s'auanceant pour faire sa priere
Dans ce Temple vouté, qui portera ce nom,
Prenez-le & le sacrez, le vueille t'il, ou non.
Dieu se l'a reserué. Moy, je vous en encharge.
La paix soit auec vous. Adieu, voila ma charge.

CLARIVS.

Ha! que mon cœur bondit allaicté de plaisir,
Ha! que je suis heureux content de mon desir.

DION.

Ce bon-heur est commun à nostre compagnie,
Que tous n'en soyent joyeux, personne ne le nie.

EROS.

Ie fonds quasi pasmé de tel contentement.

HERMES.

Mes sens sont esforez d'vn esbaïssement.

THEOPHILE.

I'en loüray Dieu tousjours d'humble action de graces.

POLIOCTE.

Nous le deuons, de peur de celestes dis-graces.

C 3

CLARIVS.

Ouy: car nous-nous rendrions comme les porcs fangeux
Qui croquettent les glans des chesnes ombrageux
Sans jetter toutefois sus eux aucune œillade.
Sus donc la teste en haut, chantons vne Iliade
De sacré-saincts Pæans en poëmes diuers,
Soit en Alexandrins, soit en lyriques vers,
Organisez d'accords de chantre theorique,
Qui n'ayme mieux l'accent de prose rethorique.

DION.

L'vne, & l'autre oraison est agreable à Dieu.
Mais posons ce pendant vn Argus au milieu,
Qui assis, au debout tellement se comporte,
Qu'il ait tousjours les yeux fichez dessus la porte;
Pour s'enquerir du nom de quiconque hurtera.
Et tel, qui Nicolas vrayment s'appellera,
D'vn pas majestatif, & d'vn pourfil amene,
Iaçoit que nous chantions faudra qu'il nous l'amene.

EROS.

Vous qui nous conseillez de cet expedient
Vous mesme veillez y tout à bon escient.

HERMES.

Vous pouuez bien cela tant estes-vous habile.

THEOPHILE.

Faite-le: l'action n'est bassement seruile.

POLIOCTE.

Seruile! non pas, non: ains deû à vostre rang.

CLARIVS.

Ainsi qu'eux je conclu d'vn motif apte-franc.

DION.

Doncques, je le feray, comme prouueu d'Office.

CLARIVS.

Ça, remercions Dieu de ce grand benefice
Qu'il nous à departy, nous deschargeant en bref
D'vn athlantique poix à nous asprement gref.

Les Euesques se leuent de leurs chaires,
s'en vont remercier Dieu de l'heureux
aduertissement, qu'ils ont reçeu de sa part,
touchant la nominatiõ d'vn Archeuesque
de si belle esperance. Tandis Dion, second
Euesque du Synode fera la sentinelle à la
porte de l'Eglise, pour demander le nom
à tous qui viendront y faire leurs prieres.

ODE D'ACTION DE GRACES.

C'Est bien à juste occasion,
Ensemble que de cœur & d'ame
Chacun de nous ores s'enflamme
De loüer Dieu d'affection.

Les ingrats des bien-faits reçeuz
Sont tousjours de blasme coupables :

Comme de loüange capables
Ceux qui rendent grace à qui plus.

Maintenant doncques, ô Seigneur,
Cette troupe te remercie;
L'ayant d'vne charge obscurcie
Deliuré à son tres-bon heur.

Noz prieres & væus sacrez
Offert au deuant de ta face
Sont enterinez de ta grace,
Comme l'on les a desirez.

Ils ont ressemblé proprement
La coulombe au rinceau d'oliue,
Nous donnant par vnè voix viue
Ioye & repos en vn moment.

L'EXCVSE, ET LE REFVS

QVE FAIT S. NICOLAS D'ACCEPTER la charge Archiepifcopale, & les raifons perfuafiues des Euefques qui le flechirent à la fin.

DION.

*L*E chaffeur boccager allouuy de la proye
(Côme de beau butin le foldat qui guerroye]
Retient court enleffez fes alans, fes limiers,
Qu'ils ne vaucrent, errants, au galop de cou-
Les gardant fouple-frais pour la befte l'ancée,   [riers,
Defcouuerte au matin au pié de fa paffée,
Ne leur permettant pas de mordre ny flairer
Tout ce qu'ils pourroient bien gloutonnement bauffer.

Ainfi l'homme commis en charge demettable
[Pour mieux dire autrement en office contable]
Ne doit ailleurs tourner fa veuë, ny fon cœur
Que là, s'il eft jaloux d'eftre titré d'honneur:
Ny, volage, prefter fon oreille aynie-change
Sinon à ce qu'il faut, où fujet il fe range.

Ce paquet eft à moy, qui, garanti d'auen,
Dois efpier chacun, qui vient rendre fon vœu,
Pour en faire rapport, & mener la perfonne

Vers ce pourpré Senat, d'vn, de qui le nom sonne
Clairement Nicolas, dans le Ciel renommé,
Puis qu'Euesque d'icy Dieu mesme l'a nommé.

 Doncques pour m'asseruir à ce sainct Ministere
Bien qu'vn hymne diuin nostre chœur reitere,
Ie me captiueray, circonspect, tellement
Que mes sens ne pourront s'esgarer follement.
Ie jetteray tendu mon œil droit à la porte,
Mon oreille au loquet, & ma double main forte
Sur qui, voulant entrer, se dira Nicolas,
Le menant, bien-venu, vers ces graues Prelats.

 Ioy quelqu'vn fretiller, & si je voy de l'ombre,
Qui rend mesme le sueil des-ja comme tout sombre.
L'on buque je l'entens. Pleust à Dieu que ce fut
Celuy qui m'est prescrit pour le noir de mon but.
Il me luy faut ouurir.

S. NICOLAS.

O Dieu! Dieu ineffable,
Quel portier est-cy, qui d'vn regard affable
Me rit humainement? Bon augure pour moy
De né retourner pas encheuestré d'esmoy.

DION.

 Qui estes vous, Monsieur, quel adextre Genie
Vous fait en ce lieu sainct si matin compagnie?

S. NICOLAS.

 Vous n'ignorez, je croy, qu'vn vergongneux debteur,
Pour se capter l'amour de son libre presteur,
Pretend au terme pris d'aller le satisfaire,

Pour eſtre recouuré en fortuite affaire.
Car celuy rend deux fois qui, ſoigneux, rend bien toſt,
Faiſant qu'on eſt enclin de l'aſſiſter pluſtoſt.

   Moy, qui ſuis à mon Dieu de beaucoup redeuable
(Ce qu'en mon en-bon-poinct eſt bien apperçeuable)
C'eſt pourquoy, matineux, arriué de nouueau,
Meu par le vif inſtinct de mon jeune cerueau,
Ie vien luy deſplier mon ame, ma puiſſance,
Qu'humblement je ſommets à ſon obeïſſance:
De la meſme façon que le pauure Eſchinés,
Ne poſſedant que ſoy pour treſors fortunez,
S'offrit, tel qu'il eſtoit, à ſon maiſtre Socrate,
Craignant d'eſtre cenſé d'vne nature ingrate.
Preſent qu'il accepta de front auſſi riant,
Que ſ'il l'eut eſtrenné de lapis d'orient.

DION

Loüable volonté, precieux honoraire,
D'Eſchinés, & de vous, de creance aduerſaire:
De vous, cōme chreſtien, à voſtre Plaſmateur,
Du payen Eſchinés enuers ſon precepteur.
Mais faites moy ce bien, cette faueur humaine
De dire voſtre nō, voſtre eſtat, qui vous mene.

S. NICOLAS.

Pour l'vn, je vous l'ay dit : mais quoy qu'importera
De ſçauoir qui je ſuis?

DION.

Bien en ſuccedera.

S. NICOLAS.

De rien l'on ne fait rien au meſtier de Nature,

Moy, qui suis vn neant, vne orde creature,
L'esgout empuanty d'execrables pechez,
Qui couuent, renaissans, dans mon ame nichez:
Quoy? qu'en esperez-vous? car iouxte la matiere
La forme doit tousiours luy conuenir entiere.

DION.

Ne vous souciez pas: Dieu est tel artisan
Que de riē il fait tout, d'vn rustre vn courtisan,
Du sale, le plus beau, du feble la puissance
Du bas le releué, du crime l'innocence.

S. NICOLAS.

Ie le sçay, Dieu mercy.

DION.

Ne reste plus sinon
Qu'ores vous m'appreniez vostre mystique nom.

S. NICOLAS.

Le desirez-vous tant?

DION.

Tant que i'en meurs d'enuie.

S. NICOLAS.

Scachez donc que si tost que l'Autheur de la vie
M'eut fait aspirer l'air hors du clos maternel:
Pour me lauer, punais, du vice originel.
Mes lustriques parens me porterent au Prestre,
Qui me versant de l'eau, qui chrestien nous fait estre,
Pour me desempieger des diaboliques laqs,
Et me voüer à Dieu, me nomment Nicolas.

DION.

Nicolas!

S. NICOLAS.

Nicolas.

DION.

O Dieu! que ie suis aise.
Permettez moy, Monsieur, qu'en amy ie vous baise.

S. NICOLAS.

D'où vient ce cher amour, ce soulas si tost pris?

DION.

Du Ciel, & du bon-heur de vostre nom appris
De grace, baillez moy vostre main ambroisine.
Marchons allertement d'vne allure voisine.
Voyez-vous ces Prelats retirez à reçoy?
Là vous attendent-ils.

S. NICOLAS.

Qu'ils m'attendent! pourquoy?

DION.

Vous me dispenserez de le vous faire entendre.
Ie n'estois deseigné sinon que pour prendre
Sur ce passage ouuert, & vous mener vers eux.
Allons donc, s'il vous plaist.

S. NICOLAS.

Bien, allons : ie le veux.
Vous ne meritez pas vn retif hoche-teste:
Ioint que qui obeït vne gloire il s'appreste.

DION.

Messieurs, claquez des mains, & vous esiouïssez:
Car de vostre talent ores vous iouïssez.
D'vn visage rosin regardez, voila l'homme,
L'homme benit des Cieux; que Nicolas on nomme.

Mais comme Dieu nous rit : comme il est attentif
Au celeste salut de son peuple adoptif.

   On dit, que dis-ie ? on dit : il est trop oculaire,
Voire au plus chassieux du simple populaire,
Que remontant en haut vn nuage fumant
Bien tost aprés on voit pleuuoir espessement.

   Ainsi volant au Ciel l'oraison meritoire,
[Comme l'encens gommeux en l'ardent encensoire]
Dieu rayonnant dessus la conuertit en eau :
Eau de saincte faueur, & d'effet aussi beau,
Qu'il esclisse aux prians presques à la mesme heure :
Mesme autant dru-menu que d'vne chante-pleure.
Comme nous l'espròuuons, en ce que sur le chant
Nous sentons exaucé nostre hymne sonne-chant.
Car voyez le bon-heur dequoy Dieu nous caresse,
Pour n'auoir sommeillé sur le lict de paresse,
Quand il est question de negoces vrgents.

   Ainsi que par deux fois nous fusmes diligens
D'appeller au secours son pouuoir admirable :
Luy de mesme nous fut promptement secourable.
L'vne, estans au plus-fort de cette eslection :
L'autre, au premier venu de ma commission.

   Parlez-luy, le voila : sa Physionomie
Descouure plainement vne grand' preudhommie.

CLARIVS.

   Monsieur, nous croyons tous qu'vn zephir' gratieux,
Ventellant du costé du concaue des Cieux,
Vous a poussé, leger, jusqu'à ce riche fane,

Dans quoy Dieu n'eſt ſeruy à la mode prophane.
Me licenciriez-vous de vous conter deux mots?
S. NICOLAS.
Ha! que ce mot ſucré me bleſſe, & fait de maux.
CLARIVS.
Vous bleſſe! mais pourquoy?
S. NICOLAS.
Me demandant licence
De ce, dont vous auez vne telle puiſſance,
Que quand vous le feriez je ne puis l'empeſcher,
Et quand je le pourroy ce ſeroit vous faſcher.
CLARIVS.
Ie les vous diray donc. Le feure de Nature
(De qui ce vuide eſpars eſt la verbe-facture)
Peſtrit l'homme mortel du boüeux element,
Pour chef-d'œuure dernier parfait abſolument,
Mortel par le peché, qu'il commit, volontaire,
Rendant ainſi chacun à la mort tributaire.
Mort, implacable mort, que Dieu luy preſcriuit
Sans reuocation dés le moment qu'il vit.
Ayant borné ſes ans, ſes mois, ſes jours, ſon heure,
Qu'il ne peut allonger tant qu'au monde il demeure.
Religieuſe foy du chreſtien baptizé.
Or' qu'on prouuaſt cecy d'vn poinct authorizé
De ceux qui ont eſcrit de la Philoſophie:
Si que qui l'entendra faut qu'il le ratifie.
Ie conſens auec eux qu'on meurt par le deffaut
Du principe vital, qu'on dit humide-chaud,

Qui iournalierement dedans nous s'appetisse,
Bien que boire & manger nous fomente & nourrisse.
    L'exemple est triuial. Car comme nous voyans
Vne lampe lyrner la-part où nous soyons
Tant que l'huile y croupit ramoittissant la mesche,
Qui luy fait flamboyer vne viue flammesche,
Lampe, où si l'on mettoit à mesure autant d'eau,
Que l'huile s'amoindrit, comme en poreux vaisseau,
La liqueur iusqu'au bord s'entretiendroit de mesme:
Mais de l'huile non pas, tarissant à l'extresme:
De sorte que verser tant d'eau l'on y pourroit
Que l'huile deffaillant la lampe s'esteindroit.
    Ainsi du corps humain le radical humide,
Peut bien se restaurer, quand d'vne faim auide,
L'on prend à temps heuré ses principaux repas.
Mais d'humide estranger qu'ils sont, ne peuuent pas
Se transmuer vrayment en celuy de Nature:
Si qu'on tire à la mort certainement future,
Car, estant consommé par le chaud naturel,
La lumiere s'esteint du viure temporel.
    Les peintres anciens, ayans cette franchise
D'oser ce qu'ils vouloient, par leur regle precise
Peignoient artistement l'ineuitable mort
Sous vn corps virginal, pour monstrer son effort.
D'vn voile calendré luy masquant le visage,
Son front d'aloësne ceint, & son ioly tor-sage
Tauelé ça-de la de sang noir tout figé,
Qui d'vn moite pinceau luy estoit affigé.

Quia-

Qu'entendent-ils par là? quel mal, ou bon augure
Couue tapy sous soy cette platte figure?
C'est vne vierge en-fin au iugement des yeux.

Ie vay la desuoiler. Comme il faut en tous lieux
Qu'vne nymphe d'esprit, pour s'affranchir de blasme,
Soit sans corruption tant du corps que de l'ame:
Tout de mesme la mort iamais ne se corrompt
Par menaces, present, ny vœu tardif, ou prompt:
Ains de son dard fatal enfonce dans sa barque
Sans esgard ieune, viel, rustaut bourgeois, Monarque.

L'on lit aux gestes preux d'Alexandre le grand
Que comme il s'en alloit par les Indes trollant,
Dans des deserts cauez il treuua les Brachmanes,
Philosophes deffaits, haüres comme des Manes
Desquels il s'informa ce qu'ils voudroient de luy,
Leur iurant que d'entr'-eux il ny auroit celuy
Qui librement n'obtint toute chose requise,
Fut elle de valeur extremement exquise.

Sire, respondent-ils, à la pluralité,
Nous ne demandons rien que l'immortalité.
Quoy? l'immortalité! ie ne scache personne,
Qui ce qu'il n'aura pas à d'autres gens le donne.
Ie suis Roy, mais mortel: mortel ainsi que vous.
Vous ne pouuez auoir donc ce bien-là de nous.

Mes erres ie repréns. Le front de la pucelle
D'absinthe enchapellé (plante dont la parcelle
Retient du fiel amer de degoustable goust)
Monstre combien la mort est aspre iusqu'au bout:

D

Et ces tasches de sang, qui la rendent difforme,
Sont des vices d'aucuns la monstrueuse forme.
Quoy que ce soit en bloc, on a beau s'enfierir,
Deffendre, dilayer, il nous faut tous mourir.

   Naguere nous auions vn personnage rare,
Que la felonne mort taquinement auare,
Rauit à nostre dam (Dieu luy ayant permis,
Afin qu'il fut au Ciel de la terre transmis]
C'estoit le Parangon des reuerends Antistes,
Que nous pleurons au cœur, tant nous en sommes tristes.

   Crainte que son sainct parc ne s'en aille perdant,
Orphelin de berger en son parc resident,
Nous sommes conuoquez pour en creer vn autre,
Nous y portans resouts, suiuant la charge nostre.

   Tel troupeau sans pasteur encourroit grand danger
Que Satan impiteux ne vint le rauager,
Tournoyant (tout-ainsi qu'vn lion trotte-voye]
Pour trainer aux Enfers vne si chere proye.

   Dieu preuoyant cela, comme il ayme les siens,
Pour noüer en la foy les peuples lyciens,
Vn Ange descendit dessus noz arbitrages,
Qui nomma rondement, sans friuolles ambages,
Celuy que Dieu vouloit qui succedast aprés,
Signe vray qu'au destroit il soulage de prés.
Ie croy que ce soit vous.
        S. NCOLAS.

Moy !
       CLARIVS.

Vous.

S. NICOLAS.

Qu'elle nouuelle !

CLARIVS.

Heureuse au prejugé de ma lourde ceruelle.
Comment auez-vous nom ?

S. NICOLAS.

Nicolas.

CLARIVS.

Nicolas !

S. NICOLAS.

Nicolas.

CLARIVS.

C'eſt donc vous.

S. NICOLAS.

Pourquoy ? nobles Prelats.

CLARIVS.

Pour ce que Dieu le veut. Scachez qu'il nous feit dire,
Que tel entrant premier, il le failloit eſlire.

S. NICOLAS.

Mais Dieu veut-il forcer noſtre natiue humeur ?
Non. Car l'homme doüé d'vn eſprit ſage-meur,
Sçait bien qu'il l'a party d'vne volonté franche,
Telle que la raiſon oncque-mais ne retranche.
D'ailleurs ne voit-on pas que couſtumierement
La ſubſtance, qui vit de brutal ſentiment,
Penche deuers le lieu conuenable à ſon eſtre,
Tant pour ſ'y delecter, qu'en repos touſjours eſtre ?
Tout ainſi que l'oyſeau de plumage touffu
Se plaiſt en l'air ſerein, la ſalemandre au feu ;
Le poiſſon dedans l'eau & la taupe en la terre,

D 2

Dans quoy leur volupté les fait poster grand erre.

　Si Nature donna ce propre aux animaux,
Dieu (qui en est l'ouurier sans suer de trauaux)
Auroit, tout-puissant, paralisé les hommes
Pour noz premiers parens, affamez mange-pommes,
Qu'ils rampassent percluz d'encline volonté
Les brutes s'en jouans par sa chere bonté.

　Tant s'en faut c'est celuy (dont les douces delices
Repairent dans les cœurs des mortels sans malices)
Qui veut qu'ils ayent tous leurs inclinations
Diuerses, comme ils sont diuers de nations.
Ainsi mon passe-temps en ce passable monde
[Comme au plaisir à quoy Nature nous semonde]
C'est de viure seulet, assouuy de mon sort
Vuide d'authorité souuent moleste fort.
Vous m'excuserez donc si je vous remercie:
Gens plus dignes que moy se treuuent en lycie.

DION.

　Quoy, Monsieur, voudriez-vous vous opiniastrer?

S. NICOLAS.

Ie ne desire point de charge m'empestrer.

DION.

　Vous mespriserez donc la volonté diuine.

S. NICOLAS.

Plustot soy-je escaché d'vne gueule louuine.

DION.

　Tel qui veut, aheurté, quelque chose de soy,
Celuy se prend à Dieu, si je ne me deçoy.
　Car ainsi qu'au Roy seul appartient la couronne:

La pure volonté au seul-vray Dieu se donne.
Volonté de qui sourd vne excessiue mer
De biens spirituels par son immense aymer.
Comme à contraire poinct vn je-le-veux de l'homme,
S'accueille des mal-heurs sus mal-heurs en grand' somme.
Donc j'infere qu'il faut que l'homme rende à Dieu
Son emprunté vouloir auec vn bel adieu.

D'auantage, Monsieur, je ne veux pas vous taire
Quelque obseruation de l'exploit militaire
Pour vaincre glorieux, le gendarme s'esmut
Et par signe vocal, & mi-vocal, & mut,
Qui sont commandemens, clairons, drapeaux de Prince,
Gardez, ouys, connuz par le fort, & le mince.
Voulez-vous piaffer & voguer en credit,
Obeissez à Dieu, sa parole le dit.
Parole de Seigneur non pas moins redoutable,
Qu'elle est en ses effects de tout poinct veritable.
Les Prophetes obscurs le sonnent sourdement;
Les exemples priuez l'enseignent mutement.
He ! ne voyons-nous pas que tout astre mobile
Gyrant au firmament suit le premier Mobile?
Les planetes aussi par les influxions
Asseruissans la mer à leurs deuotions.
Elle s'enfle tantost, tantost elle s'abbaisse:
Tantost est en couroux, tantost elle le laisse.
L'oyseau hymetien refractaire à son Roy,
A force d'esguillons est occy par leur Loy.
Soignez doncques à vous, & prenez cet office:

D

Car vn prompt obeïr vaut mieux que sacrifice.

S. NICOLAS.

Mon imperfection peut me desobliger
De l'office dequoy vous voulez me charger.

DION.

Qu'elle imperfection ?

S. NICOLAS.

Ma fragile jeunesse,
Certain mal intermis, qui grieuement me blesse:
Le funeste danger pour la difficulté.
C'est que doit estre enfin le pouuoir consulté.

Le jeune faune cerf ne s'eslance en la plaine
Tant que sa teste soit de ses ramures pleine:
L'homme ne doit aussi s'émanciper, deuant
Que s'estre dûment fait & puissant & sçauant.
Sçauant, pour despessir l'ignorance vulgaire:
Puissant, pour chastier ceux qui ne valent guere.

Moy, qui manque, panuret, d'vn si real auoir,
De telle dignité deuriez-vous me pouruoir ?

Comme d'vn corps complet la plus noble partie
C'est la teste (dit-on) estant la mieux partie
De sang pur, & subtil, que tout autre qui soit.
De mesme le Prelat, ainsi qu'on apperçoit,
Ayant à regenter vne troupe asseruie,
Faut qu'il soit par sus tous de bonne & saincte vie.

Si l'esmeute du sang cause du mal au chef,
La fabrique du corps ressent de ce meschef:
Ainsi quand vn pasteur infirme se rencontre,
Souuent arriue-t'il au troupeau mal-encontre:

Ie croy que vous ſcachiez que les vertigineux
Ne doiuent monter haut, peur de choir deuant eux.
De fait à l'eſtourdy grimper en haute charge,
Qu'on ne culbute en bas lónguement on ne targe.

   Quand à moy ĭ en ſuis là, mon debile cerueau
Me deffend d'eſcheller ce dangereux coupeau.
La cheute pour certain n'en ſeroit moins mauuaiſe,
Que du fol Phaëton, qui meit le monde en braiſe:
Lors que, trop eſuilé, il rodoit à l'entour
Du Globe bleu-turquin en caroſſier du jour.
La charge de Prelat vrayment eſt honorable,
Mais conduite ſans frein c'eſt la plus miſerable.

EROS.

   Monſieur, permettez-moy vous donner des aduis,
Qui vous abbecheront, s'ils ſont gayement ſuiuis.

S. NICOLAS.

   Tout ce qu'il vous plaira.

EROS.

Vous auez ce me ſemble,
Nous eſtallé, diſert, voz excuſes enſemble:
Si vous faut-il pourtant de nous vous allier,
Et à ce bel eſtat ſerrement vous lier.
Vous eſtes trop foiblet, nous faites-vous accroire,
Bien, je poſe qu'il ſoit aucunement notoire.
Mais vn mòt la deſſus, pour vous perſuader
Comme vous ne pouuez oncques en euader.
   Au naturel deffaut l'artifice ſupplée.
Quand Titan mouille au ſoir ſa perruque ondelée
Dans le bain de Thetis, lors s'embrunit le Ciel:

Si qu'on prend vn flambeau fait artificiel.
Pour en l'aueugle nuict luire dans vne chambre
Quelque homme qui seroit appesanty de membre,
Se pouuant s'esleuer, où quelque autre atteindroit,
Cestuy-la pour son mieux vn marche-pié prendroit:
Tel qui ne peut trancher vne riuiere à nage,
Descend dans vn bachot, puis passe sans domage.

    Vulgairement ainsi me suis-je accommodé
Pour vous encourager, estant incommodé
Soit d'esprit, soit de corps, comme vous nous le dittes.
S'il est vray, recourrez aux graces fauorites
De celuy qui de rien feit le monde en six iours,
Il vous fortifira, & par tout & tousiours.

HERMES.

    Plus outre ie poursuy. Les laboureurs champestres
Disent, selon leurs sens, non par les sages lettres,
Que la pluye est vne eau plus propre pour les fruicts
Arbres, graines, tremois, que de fons & de puys.
Car elle vient de l'air, qui est la prime cause
D'abondance ça-bas, comme on croit, & l'on cause.
Mesme d'autant qu'elle a plus de subtilité,
Dont la terre s'emboit auec facilité.

    Pour parler en chrestien, l'eau de diuine grace
(Principe vigoureux de fertilite grasse)
Rosinante du Ciel dans l'interne verger
De l'homme desseiché [qui releue leger,
Son esperāce en Dieu] luy arrouse son ame,
L'assouplit & l'emplit de charitable flāme,

Qui l'entre-met à tout & s'y fait plus puiſſant,
Qu'au moindre ouurage ſien il eſtoit impuiſſant.

THEOPHILE.

Ie ne veux rebutter ces ſentences certaines,
Des pluuieuſes eaux contre l'eau des fontaines,
Deduittes au rapport de la viue chaleur,
Dont la grace de Dieu ſeringue dans vn cœur:
Mais la ſymboliſer par vne autre maniere,
Tant au Soleil luiſant, qu'à l'onde fonteiniere.
Pour plus vous inciter, ſelon noſtre proiet,
A la luy requerir pour vn ſi beau ſuiet.

    Cette eau ſort-elle point pour quiconque en veut prendre,
Le Soleil n'eſt-il pas pour au monde ſ'eſpandre?
Si quelqu'vn manque d'eau, c'eſt faute qu'il n'en prend.
Si l'on n'eſt allumé, c'eſt l'obſtacle qu'on tend.

    Ainſi qui n'eſt remply de la faueur commune,
Que nous preſente à tous la Deité trine-vne,
C'eſt qu'il ne la veut point. Demandez-la pour voir,
Plus à-coup l'aurez-vous que ne penſiez l'auoir.
Ouy: voire ie reſpon qu'elle eſt tant neceſſaire,
Que ſans elle on ne peut bien mener vne affaire.

POLIOCTE.

Vous degenereriez de voſtre auguſte nom,
[Autant myſterieux que d'inſigne renom]
Qui preſage de vous ce que vous deuez eſtre,
Vinqueur porte-laurier, & du peuple le maiſtre.

    Pour comprendre vn ſujet ſeruent les accidens,
Car l'on ſçait de par eux les cauſes au dedans:

Si que pour en auoir l'intelligence bonne,
Suiuant les facultez le nom aussi se donne.

    Quand le monde fut fait, nostre Dieu feit aller
Les bestes contre Adam, pour luy faire appeller,
Qui toutes les nomma, comme elles sont diuerses,
Par leurs conditions, ou probes, ou peruerses.
Deuant que vous fussiez Dieu vous predestina ;
Dont en vous chrestiennant ce nom l'on vous donna.

    Prenez donc l'Euesché. Les charges font les hommes,
Taschans s'en acquiter en ce siecle, où nous sommes.

S. NICOLAS.

    C'est fait, ie suis conquis. Ie n'ose refuser
Le grade specieux, où Dieu me veut poser.
Si c'est pour le salut de l'Eglise chrestienne
Ie l'accepte, Seigneur, à cela qu'il ne tienne.

    Mais source de bonté, d'où derriue tout bien,
Grandeur enferme-tout, hors de qui n'y a rien,
Abondance sans fin, à comble remplissante
Tous lieux, tous temps, tous cœurs, de ta vertu puissante:
Sans toy l'on ne peut rien, estant tout en ce tout,
Qu'absolu tu regis de l'vn à l'autre bout.

    Partant assiste moy de ta grace benigne,
Qui me face pasteur de tes oüailles digne.
Car d'en estre priué, c'est voguer sans nocher
A la mercy de l'eau, ou de quelque rocher.
C'est pourrir en prison sans auoir qui console,
C'est viellir en exil sans amy sous le Pole.
Parmy ses ennemis c'est se voir sans secours,

C'est combattre sans chef, c'est heberger tousiours
Sans aucune clerté dans les tenebres sombres:
C'est mourir en viuant vassal à mille encombres.
　　Pour me sauuer des flots de la mondaine mer,
Pour mon ame esiouïr en son cachot amer,
Pour me tirer, banny, hors de la masse ronde,
Pour abbatre mattez Satan, la chair, le monde:
Pour ne plus barluder dedans l'obscurité,
Pour viure bien-heureux à la perennité.
sois donc mon seur Patron, ma bonne compagnie,
Mon amy singulier, mon lateral genie,
Mon Capitaine fort, mon Soleil radieux
Mon ambroisin manger, & nectar precieux:
Afin que tellement ie me range en ma charge,
Qu'vn pandorin eschec sus moy ne se descharge:
Mais que i'aye tousiours ta benediction,
Pour bien executer cette commission.
Où tout ne plus ne moins que le ieune Thobie
Par l'Ange fut conduit à Rages en Medie,
L'enseignant au chemin ce qu'il failloit qu'il feit,
Pour son egrege honneur, & commode profit.
Ainsi ie puisse, moy, auec experience,
Iustice, charité, addresse, patience
Guider iusques aux Cieux le troupeau lycien,
Au repos eternel de moy, comme du sien.
　　　　　CLARIVS.
Allegresse, Messieurs, geniale allegresse,
Puis qu'ores il consent au party, qu'on luy dresse.

Ca de pareille voix entonnons à ce coup
Vn cantique diuin recommencé beaucoup.

Les Euefques f'en vont bien joyeux chan
ter ce Cantique, puis fe difpoferont
de facrer S. NICOLAS.

Lus on fouffre de maux à pourfuiure ardemment
Vn rauiffant obiect, plus à i'on de delices,
Quand on peut l'emporter fans fraudes ny malices,
Pour en iouïr long-temps à fon contentement.

Ores graces à Dieu nous arriue ce bien,
Aprés auoir foumis de parolle preffante
La roide volonté de cette ame innocente
De gouuerner, difcret, vn grand troupeau chreftien.

Ce qu'ayant entrepris fous la fainête faueur
De celuy qui maintieut ce beau terreftre Empire:
Rien ne nous refte plus qu'Archeuefque de Myre.
Nous le facrions bien toft, pour combler ce bon-heur.

LE SACRE DE SAINCT
NICOLAS, ET LES BONS
presages que les Euesques con-
çoiuét de luy par sa physionomie.

CLARIVS.

V atre principes beaux en l'integre structure
D'vn chef-d'œuure ordöné par la sage Nature
Se recontrent tousiours : celuy-la qui le fait,
L'estoffe, la façon, & la fin qui parfait.
Ainsi qu'au bastiment d'vne maison de pierres
Le Masson est agent, les pierres les matieres :
Le pourpris la façon, la demeure la fin :
Comme en tout art aussi cela se voit en fin.
  Cuidez-vous qu'en ait moins l'œuure spirituelle,
Que Dieu, maistre iuré, commande telle, ou telle ?
Comme sans esplucher d'autre exemple sacré,
Ce Sacre episcopal d'vn qui luy est sacré :
Où les Euesques sont la cause ministrante,
Celuy qui est esleu la matiere recente :
L'habit pontifical l'excellente façon,
La fin iuger, offrir, & bien faire à foison.
  Deuant que commencer il faut que l'on pratique
Des rigoureux Sindics l'accoustumance antique,
Qui, fins, examinoient l'ordonnable Prelat

Des meurs, & de la foy, qui concernent l'estat:
Afin qu'il s'y maintint si bien de corps, & d'ame,
Que qui l'auroient sacré n'en receussent de blasme.
Mon frere fauory doncques respondez-moy
Voulez-vous vous former à la diuine Loy.

S. NICOLAS.

Ce que vous demandez entalenté i'accorde,
Promettant que iamais ie n'y seray discorde.

CLARIVS.

Vous catechiserez vostre peuple commis,
Comme amiablement les amis leurs amis?

S. NICOLAS.

Ouy, tant que ie pourray.

DION.

Suiurez-vous pas sans feinte
L'ortodoxe decret, & l'Escriture saincte?

S. NICOLAS.

Ce seront mes garants.

EROS.

N'obeïrez-vous pas
Aux Pontifes Romains iusqu'à vostre trespas?

S. NICOLAS.

Plus humblement que tous.

HERMES.

Auez-vous pas enuie
Tousiours de bien en mieux d'establir vostre vie?

S. NICOLAS.

I'en suis là resolu.

THEOPHILE.

Repudiez-vous point

Les embarats mondains sans regret d'vn seul poinct?

S. NICOLAS.
Fy de ce doux - amer.

POLIOCTE.
D'vn soucy charitable
Serez-vous pas à tous liberal & traitable?

S. NICOLAS.
Mon deuoir me l'enjoint.

CLARIVS.
Vueille Dieu vous armer
De sa grace peut-tout, & vous y confirmer.
Cela soit pour les meurs. Venons à la creance.

S. NICOLAS.
Ie fonde tout en Dieu ma stable confiance.

CLARIVS.
Croyez-vous fermement la saincte Trinité,
Pere, Fils, sainct Esprit, seule Diuinité:
Vne Monosubstance, en elle trois personnes,
De volonté, pouuoir, & Maiesté consonnes:
En qui, de qui, par qui, tout est, tout vient, tout vit,
Estant tout en ce tout, qu'à soy elle asseruit,
Soit au Ciel diapré de cent mille ames iustes,
Soit au monde farcy moins de bons, que d'iniustes,
Sur lesquels elle veut encor expressement
Que la torche du iour luise indifferemment?

S. NICOLAS.
Ie le croy de bon cœur.

DION.
Croyez-vous pas fidele

Le Verbe, Fils de Dieu, d'Engence paternelle,
D'essence pair à luy, conçeu du sainct Esprit:
Homme-Dieu d'vnion au corps humain qu'il prit
Du naistre temporel au ventre de la Vierge,
De son integrité gardien & concierge.
Non passible, immortel de par sa Deité,
Mourable par contract de son humanité:
Mort enfin en la Croix, enseuely sous terre
Descendu aux enfers, ressuscité grand' erre:
Puis volé dans le Ciel, duquel il reuiendra
Iuger chacun par soy, & droiturier rendra
Le bien aux gens de bien à la centuple-vsure
Comme aux meschans le mal de l'orchique torture ?

S. NICOLAS.

Ie le croy de bon cœur.

EROS.

Croyez-vous pas de fait
Le Sainct Esprit vray Dieu, & plainement parfait,
Non qu'il soit né du Fils, ny simplement du Pere,
Mais issu de tous deux de volonté sincere,
Coegal, Eternel, & comme eux Tout-puissant,
Non triple Tout-pouuoir, mais vn l'accomplissant ?

S. NICOLAS.

Ie le croy de bon cœur.

HERMES.

L'Eglise Catholique
Qu'ores nous professons Saincte & Apostolique,
Dittes, n'est-elle pas vrayment seule par tout:

Où

Où le baptesme est vn, & en Dieu nous absout.

S. NICOLAS.

Il n'y a rien plus vray.

HERMES.

Mais quiconque le nie
L'excommuniez-vous?

S. NICOLAS.

Ouy, ie l'excommunie.

THEOPHILE.

Quand la bourrelle mort aura tué noz corps,
Croyez-vous pas qu'vn iour resuscitant tous les morts?

S. NICOLAS.

Ie croy qu'il soit ainsi.

POLIOCTE.

Croyez-vous veritable
La Loy des Testaments?

S. NICOLAS.

Il n'y a rien doutable.

POLIOCTE.

Bref croyez-vous aussi vn vray Dieu, seul autheur
Tant des preceptes saincts, qu'apostolique Chœur?

S. NICOLAS.

C'est luy seul voirement.

CLARIVS.

Vostre foy pure & belle
Paicroisse, si Dieu plaist, à la vie eternelle.
Venez, iusques ycy. Mettez vous à genoux,
Receuez maintenant le Sainct Esprit par nous.
De ce cresme benit soit ointe & consacrée,
Pour l'ordre de Prelat, vostre teste parée

E

Que voz nerueuses mains le soient pareillement
Et comme Samuël oignit par mandement
Le bien-aymé Dauid, simple porte-houlette,
Qui (fait Prophete-Roy commandant à baguette)
Florissoit en vertus, comme d'âge il croissoit:
De mesme auec le temps que de vous il en soit.

    Empoignez ce baston de Pastoral office.
Soyez graue-courtois en corrigeant le vice.
Sans forcené couroux tenez voz iugemens.
Traitez de doux propos & d'amignotemens:
Les hommes de vertus. La vertu maniable
Veut pour son entretient la douceur amiable.
Ne delaissez pourtant l'honneste grauité,
Qu'il faut aussi monstrer en la tranquillité.

    Endoigtez cet anneau, prodigieux symbole
Qui contient enchassé, sans caffarde parole,
La pudique blancheur de la solide foy:
Dont en estant orné que [tout ainsi qu'vn Roy
Asyle ses suiets souz le sceptre & l'espée]
Vous gardiez, vigilant, qu'à la fausse pipée
Les hypocrites vains, masquez en chasque lieu,
Ne violent, paillards, l'Eglise, Espouse à Dieu.

    Prenez ce liure clos des sacrez Euangiles,
Lisez & les preschez dans voz suiettes villes.

    Sur vostre digne chef nous imposons encor
Cet armet de salut tout canetillé d'or :
Duquel estant cresté vous effrayez de crainte
Les mutins ennemis de la verité saincte.

Puis quant & quant garny de celeste faueur,
Vous les renuersiez bas à leur grand creue-cœur.
  D'vn modeste sourcil épris de mesme ioye
Chaussez voz blanches mains de ces beaux gants de soye.
  Rebecca, qui couurit celles de son cadet
Auec la douce peau d'vn cheureau tendrelet,
Feit, qu'offrant à manger à son malade pere,
Sa benediction il remporta prospere.
  Que ce Prelat aussi la reçoiue ioyeux,
Toutes & quantes fois, que, bien deuotieux,
Il ira presentant de ses mains innocentes
Pour son peuple, & pour soy des offrandes pressantes.
  Or vous voila paré d'habit pontifical,
Placez-vous donc ceans au Throne principal:
Mis en possession de la maistresse Eglise,
Paisible iouïssez des droicts, graces, franchise.

S. NICOLAS DIT ADIEV AV
monde & à ses vanitez.

A Dieu monde pipeur, adieu lascif amour,
  Adieu plaisirs fuyarts, adieu pompe cyprine:
Adieu belles chansons, adieu mignons de cour,
Adieu puis que ie prens cette charge diuine.
  Dans vn Temple sacré i'esten mon vniuers,
I'ay Dieu pour mon amour, mes plaisirs sont des larmes:
L'austerité mon fard, des hymnes sont mes airs,

es Demons pour mignons me courtisans d'allarmes.

Le monde, les plaisirs, les pompes, les chansons,
L'amour, les courtisans nous trempent à tous vices:
Mais la maison de Dieu, les pleurs, les oraisons,
Le zele, les trauaux lauent noz malefices.

L'Olimpe, d'où ressort nostre esprit immortel,
A son chemin scabreux, & l'abbord difficile:
Tant s'en faut que celuy de l'auerne soit tel,
L'accés est trop aisé, & la course facile.

Ie fuy donc les mondains charmez de voluptez,
Les superbes pompeux les amans impudiques:
Les poupins damoiseaux les plaisans affettez,
Les syreines aussi & tous ces trains lubriques.

Si les miens sont esmuz d'un desir de me voir,
Et suiure en me voyant mon exemplaire vie:
Nous tascherons ainsi l'un-l'autre de pouruoir,
Qu'au Ciel nostre ame soit de repos assouuie.

DION.

Mais qui n'admirera sa resolution,
Qui ne fera grand cas de sa condition?

Quand à moy ie n'ay point une langue prophete:
Mais i'oseray iuger, par coniecture faite,
Qu'il sera le meilleur des Prelats lyciens,
Soit des viuans encor, soit des morts anciens.

Qui veut presagier d'un signe memorable
Parmy les astres veu sur la sperique table,
Faut infailliblement qu'il soit dessus un mont
Voire sur le plus haut de tous ceux qui le sont.

Car la subtilité de l'air d'vne montagne
Rend clair l'entendement, où liet, il se bagne.

   Ce qu'on peut rapporter à ce noueau Pasteur,
Qui, pour voir Dieu d'esprit, des signes le moteur,
Pétele, impatient, les folles bagatelles
Du monde, pour grauir aux Arches supernelles.
En extase rauy de meditations,
D'où le guinde vers Dieu ses sainctes passions,
Qui le feront lustrer de sa grace en ce monde,
Tant que de gloire au Ciel amplement il abonde.

EROS.

   Lustrer le feront-ils : car myrean Soleil,
Il fera mesme effet que de la terre l'œil,
Qui de son gay leuer route deuers Zephire,
De-là vers l'orient incessamment reuire,
Logeant durant son cours chez les Dieux estoillez:
Où passant, il y fait des actes signalez.

   En sa propre maison que le Lion habite,
Tandis qu'il va, debait, acheuant sa visite,
Comme foncier Seigneur il estend son pouuoir
Chez Mercure, & Venus s'il entre pour les voir,
Comme ils sont gratieux, ils s'accommode ensemble.
D'autre fois si chez Mars, & Saturne il s'assemble,
Malins, à ce qu'on tient, il tempere, present,
Leurs mal-heurs, dont ils font aux hommes leur present.

   Quand ie voy ce Prelat luire dans ce parterre,
Ie m'imagine voir vn Phebus en la terre,
Qui va sans s'arrester, & qui de plus en plus

Fait son cours viager de vertus en vertus:
Au Temple son Palais exerceant charitable
Mainte deuotion à grand' peine imitable:
D'où sortant pour vertir auec les gens d'honneur
Il les confirmera en Dieu, nostre Seigneur :
Puis s'il vient, opportun, entre l'aigre malice
Sa bonté changera en la vertu le vice.

HERMES.

Moy, quand ie voy son chef ainsi haut esleué,
Pour en definir vn, ayant vn peu resué,
Philosophiquement ie dy que c'est le siege
Des sens interieurs : où la Nature siege
Des autres sens vitaux le seul gouuernement.
Chef, qu'en formant parfait industrieusement,
Elle va l'attisant de cheuelure belle,
De liaison de nerfs, d'espesseur de moüelle,
De chichetté de chair, & de la force d'os.

Ce Pasteur braue chef, estably à propos
Pour, viuant, maistrier vn peuple de puissance
Contre des fiers efforts a des os de constance:
Des nerfs de sainct amour pour se lier à tous,
De la moüelle prou pour leur estre tres-doux,
Peu de lasciue chair pour s'enfuyr des delices.
Bien des cheueux dorez pour dans & hors les lices
De son office sainct, hanter les Lyciens
De sorte qu'il soit veu l'Archetype des siens.

THEOPHILE.

Quo? ne pensez vous pas qu'il ne soit leur deffence,

Comme chef, & Soleil, si quelqu'vn les offence?
Croyez qu'il le sera tant qu'il verra le iour,
Suiuant à cet effet l'elephant porte-tour,
Qui rencontrant aux bois quelqu'vn qui se fouruoye,
Peur de l'espouuanter se tire de la voye:
Puis marche vn peu deuant, & se met au chemin,
Où s'il trouuoit encor vn sanglier inhumain,
Qui se ruast sus luy cette beste guerriere
Vient, & le garantit de sa trompe meurtriere.

    Ce celebre Pasteur, qui s'en va triomphant
En son Pontificat, ainsi que l'elephant
S'estudira, benin, de remettre en la route
Celuy qui, par mesgard, de vertu se desroute,
Que si le noir sanglier de l'Enfer ensouffré
Veut qu'il soit comme luy dans sa bauge engouffré,
L'assaillant par la chair l'orgueil, & l'auarice,
Pour esquiuer ses coups, dont l'ame ne perisse,
Luy auec son baston, & à force de corps
L'engardera de choir en l'abysme des morts.

POLIOCTE.

    Heureuse la Cité, ou des Mages president:
La paix & le repos longuement y resident.

    Quand, gros d'ambition, le Macedonien
De guerres molestoit le Peuple athenien,
Ils s'enquirent pourquoy il estoit si habile
D'esueiller le repos qui dormoit en leur ville.
Pour accotser, dit-il, noz secrets differents
Des plus huppez Tribuns liurez moy quatre grands.

Respondant à cela, l'on luy conte la fable
D'un paistre se plaignant contre un loup troubl'-estable
Pourquoy, soir & matin il les harceloit tant,
Et qu'il alloit ainsi ses brebis aguettant.
Ton chien, ce dit le loup, attise la querelle.
Donne le moy, i'estein monstreuse estincelle.
Ce qu'il feit mal-heureux, & tost après il veit
S'en estant dessaisy, comme il les luy rauit.

     Or tant que Nicolas presidera dans Myre,
Grandement respectif, Satan ay pourra nuire:
Les ouailles de Christ paistront en asme paix
Tant d'ame que de corps par ses genereux faits.

CLARIVS.

Le guerdon de seruy suit l'œuure magnanime
(De mesme qu'un bon cœur tousiours au bien s'anime)
D'où vient que ce Primat doit attendre asseuré
La Gloire pour loyer au Palais azuré.
Non pour luy seulement, mais pour les siens encore
S'il amour, & la foy, & l'espoir les decore.

     Tout ainsi que Iacob quatorze fois un an
Pour espouser Rachel se loua chez Laban,
Requerant à la fin pour sa mercede pleine
Les agneaux bigarrez de son troupeau de laine,
Ce que sans controller Laban luy conceda,
Voire plus volontiers qu'il ne luy demanda.

     Luy donc bien aise prit des houssines vertes
De plants, saules, peupliers de leurs rottes couuertes,
Dont les unes à tlant blanche astres paroissoient,

D'autres, ny touchant pas, rousseastres se monstroient,
Diuersement ainsi sembloient-elles depeintes.

   Afin qu'à ses brebis elles fussent empreintes
D'imagination, au temps de conceuoir,
Il les plongea dans l'eau de leur net abbreuuoir
Si qu'il deuient en bref puissant outre mesure,
Menant en son païs ses troupeau de grand' cure.

   Ie veux à ce Iacob caliurer ce Pasteur,
Le bonace Laban à Dieu le Createur,
La venuste Rachel à la Beatitude
Que ce Pasteur poursuit auec inquietude,
D'autant qu'il se resout, dés-lors qu'il fut sacré
Au seruice diuin, de s'engager ancré.
Non pas pour quatorze ans, mais tant que sa belle ame
Tiendroit son corps exempt de mortuaire lame.
Dieu luy ayant promis pour dot hymenean
Les agneaux baptizez du bercail myrean:
Lequel quand il verra bien eschauffé de zele,
Par luy conduit à l'œil & gardé sous son aisle,
Mille fleurs de vertus, mille rameaux diuers
Il luy presentera, flairables à trauers
Du transparant cristal de la grace celeste,
Liquide par le feu, qui rend tout manifeste.
Dont buuant, alteré, luy causera d'auoir
De tels preignans concepts, que l'on en pourra voir
De plusieurs œuures saincts si feconde portée,
Qu'au Ciel elle sera quant & quant luy portée.

L'ESLECTION DIVINE

S. NICOLAS.

Plaise au tout-puissant Dieu que ce troupeau chrestien,
Que par sa volonté sous ma charge je tien,
Au haüre de salut sans naufrage je mene,
Comme vous esperez, par ma mortelle peine.

La loy veut que celuy qui reçoit un loyer
Pour tenir un depost s'y doit fort employer:
Autrement si par luy il en vient de la perte,
Qu'il doiue la souffrir la cause est trop apperte.

Les Geometriens disent, comme on peut voir,
Que sans le corps entier ne peut pas se mouuoir
En aucune façon la ligne, ny surface,
Mais faut ensemblement que tout cela se face.
C'est pourquoy je me veux asseruagir à Dieu,
Comme à son mouuemēt tourner en chasque lieu.
Ce qu'on ne peut sans luy : afin qu'en mon office
Ie m'acquitte long-temps de mon deû sacrifice.

CLARIVS.

Long-temps le puissiez-vous : mais ores ce pendant
Benissez-nous icy, & ce peuple attendant.

S. Nicolas donne la benediction, puis les Euesques le conduisent en son Logis episcopal, tout le peuple chantant d'allegresse ces paroles suiuantes.

Iue, viue long-temps ce Prelat honorable,
Au Peuple myrean Archeuefque donné:
Dont les rares vertus l'ont ainfi guerdonné,
Le rendant à chacun grandement admirable.

Gloire au Pere .Dieu foit, au Fils, au Paraclete,
Paix bon-heur & falut à fes diocefins:
A luy prediction d'eftre au nombre des Saincts,
Aprés auoir vefcu les ans qu'on luy fouhaitte.

Ainfi foit-il

Ce Synode epifcopal a efté publiquement repre-
fenté dans l'Eglife S. Antoine de Reims, le 9.
jour du mois de May 1624.

PAR

Loùys de la Salle		Prefident du Synode.
Pierre Chertemps	Remois.	Second Euefque.
Iean Bernard		Troifiefme Euefque.
Raoul Vifcot		Quatriefme Euefque.

Pierre Philippes *de Vvafigny.* cinquiefme Euefque.

Michel Polonceau		Sixiefme Euefque.
Thomas Lefpagnol	Remois.	L'ANGE.
Nicolas Rouffelet.		S. NICOLAS.

Rigobert Fauart		
Pierre Barrois	Remois.	Paranymphes de S.
François Fauart		NICOLAS.

SOMMAIRE
DE LA VIE DE
S. NICOLAS
PAR STANCES
TETRASTIQVES.

 Ille & Mere de Dieu, Vierge, sçauante Muse
L'honeur auantageux des virginales sœurs,
Anime nostre chœur, afin qu'or' il s'amuse
De loüer leur Patrõ de mignardes douceurs.

Comme le beau Soleil en esclairant la Lune,
La Lune puis aprés argente l'Vniuers:
De mesme enflamme nous de la flamme commune,
Dont t'embraze ton Fils pour faconder noz vers.

Nous n'auons à parler d'vne personne vile,
Ny d'vn sale pecheur, ny d'vn lourd ignorant:
Aussi nostre sujet veut le doux fluz d'vn style,
Qui soit haut, qui soit pur, & sainct au demeurant.

En la forte Cité de Patare en Lycie
Iadis furent couplez au joug hymenean,
Deux amans gratieux des plus nobles d'Asie,
Qui steriles passoient leurs cours d'an en autre an.

Mais deuots enuers Dieu ils luy font des prieres
Entremeslans aussi mille pleureux helas:
Dont esmeu de pitié, au bout de leurs carrieres
Il leur donne vn enfant, qu'ils nomment Nicolas.

Dés son tremblant berceau sa saincteté de vie
Parut grande des-ja; car enfançon mollet,
Combien que de teter il eut souuent enuie,
Certain jour jusques au soir il s'abstenoit de laict.

Il obserua, pieux, eschauffé d'vn bon zele
Le dessein entre-pris de ce jeun matte-corps:
Non seulement le temps de son enfance belle
Mais tant qu'au monde mort son ame fut dehors.

Si tost qu'il eut atteint au printemps de son âge
La parque le priua de ses riches Parens:
Mais aymant plus le Ciel que tout autre appennage,
Liberal il donna ses biens aux pauures gens.

Cet exemple qui suit est vn trait remarquable
De courtoise bonté d'vn fidele chrestien,
Au poinct qu'vn grand mal-heur vn pauure pere accable
Non luy seul simplement, ains tout ce qui est sien.

DE S. NICOLAS.

Quelqu'vn de ses bourgeois en extreme disette
De trois filles chargé, prestes à marier,
Songe, resue, chetif, dans sa fresle logette
Comme, & quand il pourra toutes les allier.

Ne pouuant y pouruoir en aucune maniere,
Le voila demeuré comme entre deux & l'ar:
Si que pour viuotter, leurs roses printanniere
Luy-mesme se resout vendre & mettre au hazard.

Ce qu'estant paruenu pour lors en connoissance
Du benin Nicolas, en sa jeune saison:
Nuictamment il jetta, balançeant sa puissance,
Quelque somme d'argent dedans cette maison.

Tant y en auoit-il, qu'il suffit à vray dire
Bien peu de temps aprés d'honnestement doüer
La plus grande des trois, que sans y contredire,
Leur pere pretendoit en vn bordel voüer.

Non content de ce don de charitable grace,
Il la continua jusqu'à la tierce fois:
Si qu'il fut seul autheur qu'à gens d'honneste race
L'on les a veu d'hymen conjointes toutes trois.

Luy qui s'estoit donné d'affection sincere
Tout à Dieu son Saueur, de sa terre il depart;
En Palestine va: afin qu'il y reuere
Les lieux saincts du Païs, trestous chacun à part.

En ce voyage là dans vne nef il monte,
Le Ciel estant serein, & tranquille la mer:
Il predit aux Nochers vne tépeste prompte,
Pour, ce cas escheant, de prieres s'armer.

Si tost qu'elle suruint par son diuin auspice,
Voyant qu'ils s'en alloient perir en vn moment,
Il implore de Dieu l'assistance propice:
Dont ils furent sauuez miraculeusement.

Retourné sain & sauf iusqu'à son domicile
(Comme il monstroit des traits de grande saincteté,
Où chacun y prenoit enseignement vtile)
Dieu l'aduertit d'aller à Myre la Cité.

Suiuant vn tel aduis, sans le debattre guere,
Comme humble seruiteur qu'il estoit du vray Dieu,
Soudain d'vn pas isnel il talonne grand'erre
Tant & si longuement qu'il paruint en ce lieu.

De fortune en ce temps l'Archeuesque de Myre
De sa vie auoit fait vn eschange à la mort:
Or les Prouinciaux estans là pour eslire
Quelque bon successeur, y trauaillerent fort.

Mais voicy que du Ciel, parmy leur grieue peine,
Descendit à propos vne inspiration,
Qui les deliura tous, & remeit en haleine
D'où presque ils estoient hors par leur contention.

Ils sont

Ils sont admonestez d'entre les autres prendre
Celuy qui lendemain, dés la pointe du jour,
Viendroit pour prier Dieu en l'Eglise rendre,
Baptizé Nicolas, bruslant de sainct amour.

Ils commettent quelqu'vn sur le sueil de la porte,
Comme il estoit prescrit, où Nicolas fut pris,
Et du consentement de tous en mesme sorte
De Myre on le crea Archeuesque de prix.

En son Pontificat il garda, Vierge d'ame.
La chasteté de corps qu'il reuera tousjours:
Tant plus il aymoit Dieu, plus grossissoit sa flamme
Par le vent d'oraisons redoublé nuicts & jours.

Il veilloit, soucieux, sur ses oüailles sainctes,
Sans qu'il derogeast rien à son authorité :
Il jeunoit bien souuent, & vers personnes maintes
D'aumosnes il vsoit, & d'hospitalité.

Vous luy voyez tantost la façon debonnaire,
S'il estoit question de les endoctriner :
La rudesse tantost luy estoit ordinaire,
S'il failloit les méschans reprendre ou condamner.

Il ne manqua jamais d'assister de son ayde,
Non d'argent seulement, ains de conseil aussi
Les pauures orphelins, les vefues que l'on plaide,
Voire qu'on traite mal parmy ce monde-cy.

F

Il a par plusieurs fois soulagé, pitoyable,
Ceux-là qu'il connoissoit d'infortunes minez:
Entreautres il sauua de la mort effroyable
Trois Tribuns innocens, qui furent condamnez.

Alors qu'effrontement des personnes malignes
Vindrent à Constantin les accuser à luy
A cause, (qu'auoüans ses Miracles insignes)
Ils auoient reclamé de priere iceluy.

Luy encore viuant, plein de celeste grace,
Pour de l'arrest rendu en empescher l'exploit,
S'apparut au deuant de l'Emperiere face,
De vengeance de Dieu le menaçeant à droit.

Zelateur de la foy de Iesus-Christ, son Maistre,
Dans Myre il la preschoit souuent au Peuple sien,
Sans qu'il voulut jamais aux Edits se soumettre
De Diocletien, ny de Maximien.

Ces Empereurs tyrans, & vrayment infideles
Le font saisir au corps par leurs gros estaffiers,
Qui l'emmenerent loin deses brebis fideles,
Et mirent en prison comme on fait des meurtriers.

Il fut là detenu jusqu'à tant qu'à l'Empire
Constantin succeda par leur fatal trespas,
Au mandement duquel de la chartre on le tire:
Dont il reuint trouuer son bercail à grand pas.

Incontinent aprés vn celebre Concile,
De trois cens & dix-huict Euesques bien fameux
Dedans Myre se tint, où il courut habile,
Condamnant d'Arrius l'heresie auec eux.

Comme il fut de retour en la Cité de Myre,
Fatigué de trauaux, & ja d'âge chenu,
En santé qu'il estoit, ce que trop je n'admire,
Malade grieuement le voila deuenu.

Son mal de jour en jour s'accroissant d'auantage,
Par ainsi s'approchoit la mort plus en auant :
Mais en leuant les yeux jusqu'au celeste estage,
Des Anges il connut luy venir au deuant.

Il se met d'autant plus en deuote priere
Sur les abbois mortels, où il se sentoit lors,
Et n'eut recommandé d'affection entiere
Si tost son ame à Dieu, qu'elle saillit dehors.

Elle s'enuola droit vers la voute empirée,
Pour jouïr du repos à toute eternité,
L'an aprés que Iesus eut la mort endurée
Trois cens quarente trois le nombre bien conté.

Vueille Dieu, s'il luy plaist, que qui aura l'enuie
De l'ensuiure viuant en ses honnestes meurs,
Qu'il puisse paruenir à cette heureuse vie,
Quand il aura finy ses lassables labeurs.

FIN.

F2

CANTIQVE SPIRITVEL DE
LA RESVRRECTION TRIOM-
phante de noftre Sauueur prouuée
telle, auec des fimilitudes fami-
lieres que l'Autheur de ce Synode
a mis icy, à caufe que durant l'im-
preffion d'iceluy, faite au temps de
Pafques, il l'a compofé.

Oicy le jour heureux du cher falut du mõde,
Resjoüiffons nous y d'vne ame pure & mõde.
Chantans treftous alleluya,
Pour le triomphe qu'il y a.

Comme vn vaillant foldat, qui de fortune verfe,
Se releuant leger fon ennemy renuerfe.
Ainfi Iefus-Chrift tombé mort
Reffufcité tua la mort

L'Egyptien figuier en eftoit la figure,
Qui plongé dedans l'eau remonte par nature.
Iefus-Chrift en l'Orc abyfmé
Reuint glorieux eftimé.

F 3

Son nom, l'horreur de la mort, la souhaitable vie,
Furent cause qu'il eut de reuiure l'enuie.
    Si que la Parque desormais
    Ne le surmontera jamais.

L'on sçait bien que des mains aisement coule-grille,
Vn baston enhuylé, vne glissante anguille.
    Aussi la mort ne tint beaucoup
    L'oincT de Dieu, s'eschappant à coup.

Le Phenix en trois jours, le Lion, la Panthere,
Renaist, vit, flaire-bon desseignant ce mystere,
    Où Iesus-Christ eut pour arroys
    Les rares vertus de ces trois.

Il est comme vn Phenix l'vnique de race,
Lion fort de Iuda, Panthere plein de grace,
    Chery, craint, admiré de fait,
    En Monarque, inuincu, parfait.

Comme l'on voit du feu la chaleur plus ardante,
Quand il sent dessus luy de l'eau froide tombante:
    Iesus-Christ, feu de charité
    Saisy de mort s'est agué.

Le tonnerre enfermé dans vne nuë espesse
Gronde, s'enflamme, boult, sort enfin, & la laisse:
    Iesus-Christ au Sepulchre enclos
    S'anime, & sault en chair, en os.

Si tout ce qui est vif desire prou de viure
L'autheur donc des viuans peut bien, s'il veut, l'ensuiure.
  C'est pourquoy Iesus, qui est tel,
  De mort ressuscite immortel.

 Immortel deuant nous, pour comme luy nous rendre
Dans le Ciel immortels renays en nostre tendre,
  Ayant luy-mesme denoré
  La mort en cet acte doré.

 Le scorpion esclot plusieurs de son engence,
Qu'il occit tous, fors vn, qui en prend la vengence.
  La mort estoit le scorpion,
  Le genre humain son embrion.

 Iesus-Christ, homme vray, pour l'amour fraternelle
Se rua sur la mort leur marratre bourelle,
  L'estranglant de ses propres mains,
  Pour viuifier ses germains.

 Mais tousjours attendant cette vie celeste,
Du vice à la vertu releuons-nous au reste,
  Iesus-Christ nous en benira
  Et de grace nous nourrira.

Ainsi soit-il.

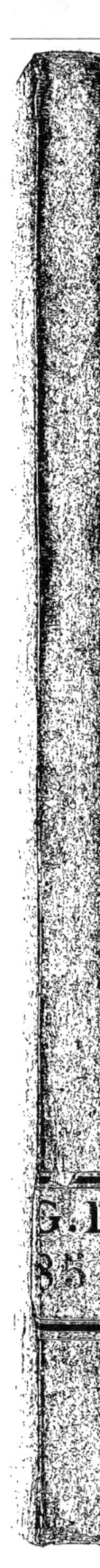